集贤村传奇

张铁成　李阳　著

北京·旅游教育出版社

图书在版编目（CIP）数据

集贤村传奇 / 张铁成，李阳著. -- 北京 : 旅游教育出版社，2025. 1. -- ISBN 978-7-5637-4767-2

Ⅰ. I25

中国国家版本馆CIP数据核字第2024YR0472号

集贤村传奇

张铁成　李　阳　著

责任编辑	陈凤玲
出版单位	旅游教育出版社
地　　址	北京市朝阳区定福庄南里 1 号
邮　　编	100024
发行电话	（010）65778403　65728372　65767462（传真）
本社网址	www.tepcb.com
E - mail	tepfx@163.com
排版单位	哈尔滨百悦兰棠文化传媒有限公司
印刷单位	河北朗祥印刷有限公司
经销单位	新华书店
开　　本	710 毫米 ×1000 毫米　1/16
印　　张	14.25
字　　数	140 千字
版　　次	2025 年 1 月第 1 版
印　　次	2025 年 1 月第 1 次印刷
定　　价	88.00 元

（图书如有装订差错请与发行部联系）

“傻子屯”精神

求索拼搏的治愚精神

实干苦干的治穷精神

开拓创新的致富精神

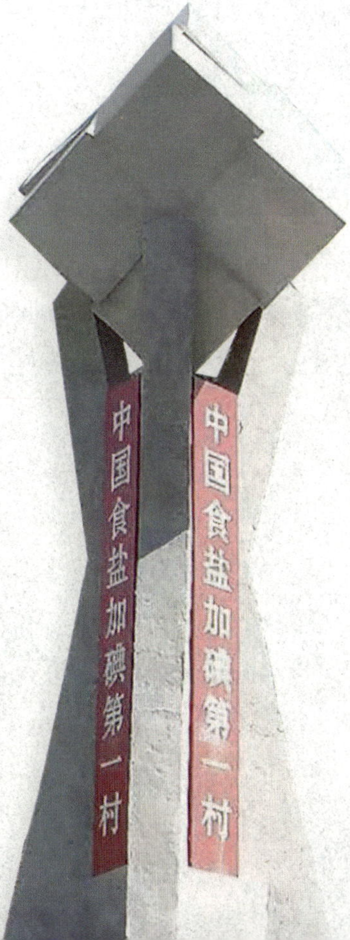

鸟瞰集贤村

谨以本书献给：

为集贤村获得全国脱贫攻坚先进集体荣誉做出贡献的战友们！

集贤村党支部书记王喜林在北京出席全国脱贫攻坚总结表彰大会期间接受记者采访

集贤村党支部书记王喜林在桦川县脱贫攻坚表彰大会上发言

集贤村党支部书记王喜林出席桦川县第十八次党代会

全国脱贫攻坚先进集体集贤村原党支部书记、全国著名劳动模范许振忠（左）与现任党支部书记王喜林合影

本书作者张铁成、李阳与苏家店镇党委书记孔祥林、镇长梅雪松、集贤村新老书记许振忠、王喜林一起座谈

本书作者张铁成、李阳和佳木斯日报记者乔瑞民参观集贤村村史馆，听许振忠讲那过去的故事

本书作者张铁成（左三）、李阳（左二）与苏家店镇党委书记孔祥林（右二）、镇长梅雪松（左一）、集贤村原党支部书记许振忠（左四）、现任党支部书记王喜林（右一）合影

20 世纪 80 年代初期年轻有为的许振忠意气风发

许振忠担任村办企业集贤村傻帮集团董事长时的工作照片

集贤村党支部书记王喜林讲党课

集贤村党支部书记王喜林带领党员重温入党誓词

集贤村村史馆一角

有终点只有起点
没有最好只有更好
荣誉墙
RONG YU QIANG
授予
先进党组织
中共黑龙江省委员会
一九八九年六月
奖状
全国先进基层党组织
全国脱贫攻坚先进集体
文明村
中共黑龙江省委员会
黑龙江省人民政府
思想政治工作
模范村
中共佳木斯市委员会
文明村
中共佳木斯市委员会
佳木斯市人民政府

集贤村村史馆荣誉墙

集贤村鸵鸟养殖场

集贤村光伏基地

集贤村流香源酒坊

集贤村酒坊产品

感动集贤四大人物之李健群

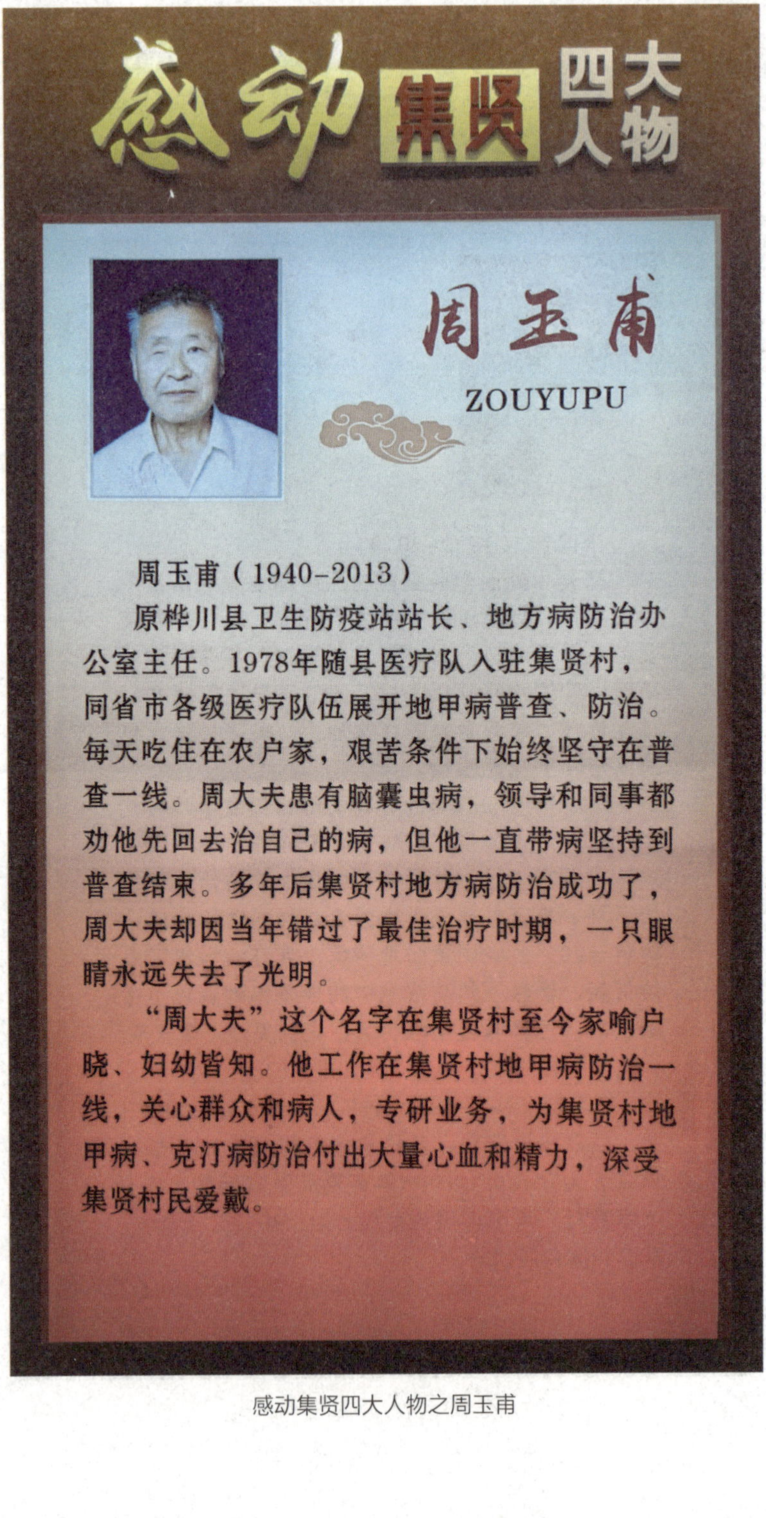

感动集贤四大人物之周玉甫

集贤村简介 <<<

集贤村曾因“地甲病”“克汀病”患者多，成为世界卫生组织和原国家卫生部挂号的“傻子屯”，通过老书记许振忠以及现任村党支部书记王喜林的不懈努力，通过防病改水、治愚治穷、发展企业、脱贫攻坚等历史阶段，打造出美丽富裕、和谐向上的社会主义新农村集贤村。集贤村党支部曾被中共中央组织部授予“全国先进基层党组织”；2020 年被评为“全国脱贫攻坚先进集体”。2021 年 9 月，被中央农村工作领导小组办公室、农业农村部、中央宣传部、民政部、司法部、国家乡村振兴局表彰为“第二批全国乡村治理示范村”。先后迎接国家和省、市调研检查 10 余次。新华社、光明日报、中国经济报、黑龙江日报、黑龙江电视台等媒体采访 20 余次，均受到高度评价。

集贤村位于黑龙江省佳木斯市桦川县苏家店镇西四公里处，全村总户数 449 户，总人口 1274 人，常住人口 198 户、414 人，土地总面积 11141.34 亩。村党支部共有党员 27 名。在以习近平同志为核心的党中央带领下进行脱贫攻坚，到 2020 年底，全村建档立卡贫困户 51 户、96 人已脱贫退出，全面实现小康。

集贤村响应党和国家的号召，大力实施“美丽乡村”建设，完成村路硬化，街路亮化绿化，文化广场、幸福大院等基础设施建设，采取“户分类、村收集、企转运、县处理”的运作模式，实现农村垃圾日产日清、密闭收运、无害处理。

在县委县政府的安排部署、镇委镇政府的带领落实下，集贤村全村村民实现“两不愁三保障”，医疗、就业、金融等各项政策落实到位。全村贫困户享受县、乡、村三级产业扶贫项目 4 个，分别为光伏发电、富桦电商、洪源畜牧养殖专业合作社乌鸡养殖项目、兴集果蔬种植专业合作社小杂粮种植项目。2020 年，全村贫困户人均纯收入达到 13 090 元，当年年底全部脱贫，实现全面小康。

2018 年，村两委干部争取县扶贫项目双兆猪业代养场落户集贤村，依托桦川县洪源畜牧养殖专业合作社与村集体共同建设占地 10000 平方米两个单元的代养场，可存栏生猪 2200 头，全年计划出栏 3 批，共出栏生猪 6600 头。2019 年，合作社代养育肥猪 1100 头，后备母猪 1100 头，代养费收入 75 万元，利润 48 万元，40 户贫困户每户平均收入 5714 元，其中 3000 元以现金支付给贫困户，2714 元统筹用于偿还货款；2018 年利用村西原废弃沙坑 90 000 平方米，全面实施投资 1556 万元，建设的年发电 294.6 万千瓦光伏发电项目，促进村集体经济年收入 7.2 万元。同时，集贤村在创新致富观念上狠下功夫，于 2019 年末，研究傻子白酒重振开发项目实施方案并上报上级申请壮大村集体经济扶持资金，利用国家扶持项目资金和集体经济资金建成占地 800 平方米的集贤村原傻子白酒酿造厂，以纯粮食酿造，纯原浆、不含任何添加剂等品质承诺，注册了“傻流香”“傻柱子”白酒品牌，日生产量达 2000 斤，酿酒厂于 2020 年 6 月正式投入建设，年利润 8 万元左右。2021 年，在桦川县委的支持下，集贤村投资 198 万元建立了鸵鸟养殖场，养殖鸵鸟 120 只，村集体预计年收入 12 万元以上。

在以习近平同志为核心的党中央带领下，在中国特色社会主义理论的指导下，集贤村依靠国家扶持政策和多方的帮助，战胜了疾病，赶走了贫困，全面实现小康，从“傻子村”变成幸福村。

沉浸在苦乐之中的生命与灵魂（代序）

著名诗人艾青说过："为什么我的眼里常含泪水？因为我对这土地爱得深沉。"

因为深沉地爱着这片土地，我们同样也爱着这片土地上繁衍生息的人们。自然，他们的一言一行、他们的喜怒哀乐，无不牵系着我们的神经。我们仿佛看见，我们的父辈们在那条没有月光且布满荆棘的小路上踽踽独行的身影，还有那一双双充满对生命渴望的暗淡的眼神……然而，命运并不因为他们的质朴和勤劳而格外地垂青，即便压在头上的座座大山已然倒塌，而由于地理条件的限制，那碘缺乏造成的病痛还纠缠着可怜的乡亲们！

也正因如此，我们在大部分写下的文字的缝隙间不可回避地看见那些伤疤。纵然我们有一千个理由拥有钢铁一样的坚强，也难免被那些文字的撇撇捺捺如坚硬的牙齿般啃噬着我们的心。

是啊，我们在痛苦着他们的痛苦、希望着他们的希望……

无论在什么情况下，隐忍总是有限度的。我们笔下的集贤村也一样。被克汀病欺辱得体无完肤的"傻子们"不会就这样永远傻下去，毕竟，他们中间还有不傻的人！

在老支书的带领下，集贤村的党员干部和村民们在党旗下宣誓，向贫困和疾病宣战，于是，一场关于水的革命就这样轰轰烈烈地展开了。接下来就是“挖了病根挖穷根，挖了穷根扎富根”；再接下来就是“半个世纪脱贫路，薪火相传两代人”的传奇经历。渐渐地，我们的面前已不再是阴云笼罩、雾霰弥漫，灿烂的阳光照亮了低矮的门楣。随着党的十八大制定的各项帮扶政策落地，乡亲们的脸上也都绽放了花朵般的笑容。就这样，我们这仿佛也被苦难腌渍了的灵魂随之舒畅开来，绷紧的神经也松缓下来。手下的键盘也显得分外的灵活和轻快。

因为我们经历了一场精神苦难之后，更加深刻地感受到今天的生活该是何等的幸福和快乐，感受到习近平新时代中国特色社会主义思想的伟大胜利。同样是分量相等的生命，同样是一次生命的旅行，虽然我们也曾有过这样或者那样的遭遇和不幸，但和我们笔下的主人公比起来，我们应该感到难得的幸运。

在采访和写作的过程中，我们曾多次到集贤村体验生活，去感受那里人们的生活状态，以及他们对未来的希冀。当我们熟悉了那里的人们、那里的街巷、那里的一草一木，我们的感觉不仅仅是亲切，而是已经成了他们中的一员，仿佛也曾经历了他们经历过的一切，并且目睹了那个小小村落发生了天翻地覆的变化的整个过程。因此，我们也由衷地赞叹：人，最大的幸运是赶上了新时代！

我们曾试图采访几位患过克汀病的集贤村人，还有那些从那个远近闻名的“傻子屯”走出去的人，但由于个中原因都不曾如愿。如果，在不远的将来再有机会去写“傻子屯”的人们，我们一定全方位地挖掘那里不为人知的故事和他们内心深处潜藏的更多的东西，更加全面地奉献给大家一个在痛苦和欢乐中高高耸立起来的村魂！

作　者

2021 年初秋于松花江畔

集贤村传奇

目　录

引　子

应桦川县县委县政府领导之邀，我们去采访闻名遐迩的“傻子屯”——该县苏家店镇的集贤村。

北方6月末的原野是一片令人心情愉悦的景致。满眼的翠绿充满了无限的生机，那一望无际的田野平展展的，像铺开的一块块巨型的地毯，绿茸茸的，煞是喜人；而那点缀其间的行行绿树，又那样恰如其分地镶嵌下天然的装饰，为这美丽的画面提纲挈领般呈现出立体的效果。

那天早晨，带着阳光的雨滴零零星星地洒落在小车的挡风玻璃上，又给这眼前的图画平添下一抹氤氲的色彩。然而，在这样的良辰美景中驱驰，我们的心情却都有几分沉重。

我们都去过集贤村，而且都动过写一写它的念头，但因零零总总的琐事阴差阳错地失去了机会。也因此，我们的心中都留有或多或少的遗憾。然而这次，桦川县县委县政府几位领导的邀约，刚好能弥补我们心底的这份亏空。几十年过去，人世沧桑，集贤村也一定能够发生翻天覆地的变化，那里的人们不会再困惑在那种几近原始状态之中，我们却不知能不能找回当年的感觉。

多年来，我们都十分关注集贤村，在各种新闻媒体上，也曾看到过一些关于它的消息。甚至，在一些场合意想不到地遇到过曾经打着那个村子走出泥泞的沼泽的关东汉子。真的走进它，把它的前世今生付诸于文字，居然生出一种怯怯的感觉，甚至有一点儿诚惶诚恐了。

我们的想法大致有些相似吧，坐在车里，谁也不说话，任凭窗外的美景一幕幕向着后方快速地退去，仿佛不经意间又翻完了厚厚的一沓日历。当年的集贤村凤凰涅槃、浴火重生之后的此刻又该是一种什么模样，那曾经不知羞丑的“傻子们”是否依旧乐呵呵地匍匐在这个世界上？然而更重要的是，那些曾经为了改变集贤村面貌的人们此刻又该怎样回首他们的心路历程，是发出深深的感慨还是从心底涌出无上的骄傲与自豪？是啊，集贤村几十年的变化就是一首辉煌的交响乐章，每一个音符都十分直白地表达着主题，无须我们吃力地猜解，但那些音符的组合总应该有一定的理由和规则吧。

不是我们想得太多，实际上，真要写好它，也必须想到它所有的方方面面。

几十公里的路程，就在我们的苦思冥想中过去了，迎面而来的就是集贤村了。那座“中国食盐加碘第一村”的纪念碑依然矗立在村头的山脚下。纪念碑后面的山崖上，十分醒目的是“傻子屯”那著名的标语牌，上有鲜红的大字：愚乡巨变千古少，傻子无能贵人多。

那会儿，我们似乎不约而同地坐直了身子：集贤村到了，让我们走进它！

同时，我们也都按下车窗的玻璃，呼吸一下这个黑龙江乃至全国都很有名的村庄所独有的空气吧。

第一章　风雨如晦“东老八”

一

集贤村隶属于黑龙江省佳木斯市桦川县苏家店镇，其位于完达山麓，三江平原西侧，松花江中下游的高漫滩上。地理坐标为东经 130 度 44 分，北纬 46 度 53 分，海拔 79.8 米，是一处地势较低的地带。主要土壤为黑土，其次为黏土。地层上部为第四纪全新世冲击砂砾石层，下层为白垩纪火山岩。成熟土壤仅仅 1~2 米，其下为沙层。村前约 1 公里远有一长约 3000 米的丘陵，早年间为柞树林所覆盖，后垦为耕地。耕地以平原为主，有少许坡地。境内无河流通过。年平均降雨量为 45.23 毫米，基本没有水土流失现象。没有铁路交通，距公路交通主干线 4 公里。

该村于 1938 年左右建村，至今已有 80 多年的历史。

据当地一些上了年纪的人说，这儿早年间是松花江故道，由于大江逐渐地向北改道，淤积下这样一块平地。

集贤村老党支部书记许振忠曾经为计划修建的村东大门拟了一副楹联：巍巍完达山余脉南来送美景；滔滔松花江主干北去赠良田。二十四个字非常准确地描摹出了集贤村所在的地理位置与其形成的状态。

正因为这样，千百年滚滚东去的大江为这儿留下了一层厚厚的冲击物后悄然北移，它给这里留下了深重的灾难。

这里成了严重缺碘的地方！

1938年，正是日伪统治时期。

我们可以想见，在那种血雨腥风的日子里，老百姓的日子过得该是何等的艰难。人们不仅衣不蔽体、食不果腹，还得默默承受着难以忍受的欺辱和压榨。然而，这块倔强的黑土地上不单单生长着懦弱与忍让，同时，也倔强地蓬勃起一簇簇殊死的抗争。

那年的年初，形势异常紧张，按照中共佳木斯市委的指示，为了避其锋芒，部分抗日组织暂时停止活动。尽管这样，日伪地方统治者仍在不断地制造白色恐怖。

为了加强法西斯统治，那年年底，伪满当局居然调来200多名警察，充实到伪桦川县武装警察部队。一个小小的县域，武装警察部队竟然达到了700多人。

用水深火热来形容当时普通百姓的生活，都显得十分苍白！

可对于最先迁进集贤村的东家而言，开始的日子过得虽然如履薄冰般战战兢兢，但相对比较起来，还算可以。

当然，那个时候的集贤村不叫这个名字。因为稀稀拉拉的几户人家数东家的人口最多，当家的东老八还是个场面上的人物，人们就不约而同地管这个村子叫作“东老八屯”。

东老八家20多口人，在现在的村子西北角盖起来一个偌大的院落。为了防备土匪的袭扰，东老八还在院落的四周建起了四个炮台。当时，那样的人家俗称为“响窑”。实际上，那个时候，东老八并没有足够的能力抗御遍地而起的土匪，但应付小股匪徒，还是富富有余的。包括土匪在内方圆几十里的人们都知道，东老八和县里的大小官员也有着些许联系。也正因如此，那些小绺子匪徒只能绕开东老八家。但也有那些不信邪的大绺子土匪，居然大吵大嚷地就是要砸东老八家的响窑。

可东老八怎么也没想到，土匪没能把他弄趴下，官府也没把他吃干榨净，新添的一块心病却永远也无法剔除地植根于他的心头，时时刻刻在折磨着他！

那是一个老云接驾的傍晚，刚刚吃过晚饭，东老八习惯性地走出家门，想到自家的地里看看。刚出家门，就觉得嗓子干干的，有一种干渴的感觉。起初，他还以为是晚饭吃的菜咸了，转回身，喝了半瓢凉水。谁知，那半瓢凉水并没能解渴，他依然觉得嗓子有点儿发紧。他蹙着眉头，左右摆了摆脖子，还是不舒服。他下意识地伸手摸了摸脖子，这才感觉到，脖子变粗了，里面还有多余的赘肉。

他不再去自己家的庄稼地了，回到家里，紧忙跟妻子说了。

妻子连看都没看他一眼，就说："这有什么大惊小怪的，你才发现脖子粗了，看看我，都挺长时间了！再说，咱家大大小小的哪个没有粗脖根儿？"

"真的？"东老八十分惊讶。

妻子放下手中的针线，说："再说了，你看看咱们围子那几家，家家如此。"

家家如此？东老八满脑子的疑惑发酵起来，他总觉得这的确是个事儿。不过，有一点他倒是感到几分欣慰，那就是儿子们个顶个倒是一个比一个聪明。也就是说，那粗脖根儿没耽误事儿。

到了后来，东老八的家败了。

他的家没败在官家手里，也没败在土匪手里，就败在那个粗脖根儿上了。

他怎么也没想到，到了孙子辈儿，不仅都有粗脖根儿，而且个顶个痴呆呆的。东老八觉得没有任何希望了。他想到了是不是水土的缘故，为此也曾动过搬家的念头，看到这一大家子的傻子，就算搬到哪儿去，估摸着也不会让他们再聪明起来。再说，好不容易置下的产业怎么舍得就这样扔下？只好将就着慢慢地熬着日子吧。

没过几年，东老八含恨撒手人寰，扔下一大家子傻的傻、呆的呆，土地荒了没人侍弄，房子塌了没人修补，十几年，抑或几十年后，这户姓东的人家就在这个围子销声匿迹了，只留下为数不多的后代和“东老八屯”这样一个名字。

二

或许没人知道，也没人懂得水土对于人们生存的重要影响。东家散了，东老八村的人家却越发多了起来。原因倒是十分简单，这儿的土地平整肥沃。那个时候，虽然那十几家人家居住得比较分散，但村子的基本雏形已经形成了，并且，东老八屯的名号也已经叫了出去。不过，由于粗脖根儿和痴傻病日益严重的东老八屯那十几户人家深深地笼罩在浓重的阴霾之中。沉重的生活负担本来就压得人喘不过气来，然而那种莫名其妙的疾病带给人们的苦痛更是在无时无刻地折磨着他们。

风雨如晦，长夜如磐。

就算到了子夜时分，有的人家上了年纪的老人依旧守着如豆的孤灯，面对漫漫的长夜，发出一声声沉重的叹息。

守着那几亩祖祖辈辈用无尽的心血与汗水积攒下来的赖以生存的

土地，传宗接代，繁衍生息，并指望着有朝一日，云开日出，他们虔诚地跪拜祈求的好日子能够降临到他们中间。然而，面对一个个痴傻的子孙，他们还有什么希望可言呢？

他们怎么也弄不明白，他们究竟是什么时候得罪了上苍，辛辛苦苦却落得这样一个下场！

他们到处求医问药，可就算是远近闻名的郎中也说不明白这病症的来路，就算勉强配了几副药，也根本于事无补。当年长的老妇人守着那药壶满怀希望熬着一个个日出日落，那个粗脖根儿该长的依旧在长，傻的越发不懂人事、不知羞丑，聋哑的依旧迷茫地挣扎在那个无声的世界里……

他们实在无路可走，就只好寻巫问卜。

到了入夜时分，王家当家的揣着辛辛苦苦积攒下的几个钱，请来四马架的阴阳先生，祈望从他那儿讨来破解的秘方，让神灵护佑他家免除这非人的蹂躏。

李家主事的不惜宰杀养了一个整年的克朗猪，请来拉拉街有名的孙大神，到家里来，神神叨叨地敲起鼓，摆动着腰铃……

时间一久，东老八屯的人们终于明白了，老天爷要做的事情，怎么能是一两个阴阳先生和跳大神的巫医神汉能够改变得了的！

人们绝望了，东老八屯复又回归死一般的沉寂！

从初春伊始，铅灰色的天空便飞舞着雪霰与阴霾，混沌了天与地，一株株零零散散矗立在干枯土地上苍老的树不时地发出沉沉的呜咽。那声音令人异常的感伤，仿佛一个个失魂的老人临终前发出可怜的慨叹。

到了夏季，落日依然散发出灼人的热浪，烧烤着没落的黄昏。东老八屯人们的汗水仍在汩汩地流淌，伴着聚集起来的泥浆，在那黝黑的肌肤上构筑起一道道泥泞的沟渠。他们顾不得这些，晚上还有什么东西可以填饱皮囊，已经从早到晚地占据了他们的整个大脑。

秋天来了，收获的季节，对于一个地地道道的农民而言，看着大地上那些饱满的谷穗、成熟的高粱，应该是一个兴奋的季节、一个令人满足的季节。然而，东老八屯的人们和前前后后所有的村子里的人们一样，怎么也高兴不起来。他们不知道，这地里的谷穗和高粱，尽管都是他们一锄锄刨出来的、一滴滴汗水浇灌出来的，但真正属于他们的究竟有多少，他们心里十分地清楚。

寒冬腊月，照样是最为难熬的时节。凛冽的北风呼啸着敲击着家家户户陈旧得不堪一击的窗棂，年久失修的老宅在滴水成冰的夜里瑟瑟发抖。一床难以御寒的棉絮遮掩不住全家人破碎的梦，于是，辛辣的老旱烟便充塞在幽暗的空间进行着灵魂的抚慰。他们绝不清楚，明

东老八屯破烂不堪的老房子

天早晨，会不会有一人深的积雪封住了那扇无法推开的柴扉……

一年四季，就这样周而复始地轮回着。

东老八屯的人们就在那条永远也不知去处的破船上，在无边的苦海上泅渡。他们任凭一波波狂风巨浪肆意地颠簸着，没有退路、没有前途，有的只是迷茫、只是无告、只是生命被一寸寸难捱的光阴蚕食的苦痛。

日子，这就是东老八屯人们的日子！

三

就算这样，东老八屯的人们也已经很知足了。他们非常清楚，除此之外，还有无尽的天灾人祸在等着他们。

1942年，伪满政府出台了“国兵法”，在伪满全境范围内大量征兵，包括东老八屯在内的桦川县一次就被征四五十人。东老八屯虽然没有几户人家，但也未能幸免。伪满政府的征兵人员一次次深入屯中，挨家挨户地搜查，凡是符合年龄的一律报名。他们知道，东老八屯包括适龄青年在内的老老少少都患有粗脖根儿病，绝不适合当兵。可他们绝不放过任何一次敛财的机会。明明知道你不行，愣是说你行，你自己说不行，那好，拿钱说话。

住在东南角的老刘家家里就一根独苗儿，那年刚好17岁。虽然小伙子长得还算不错，但明显的粗脖根儿让全家人几乎是天天愁眉不展。没承想，就这样的情况，征兵的仍然没能放过。老刘听到了信儿，知道难逃一劫，琢磨来琢磨去，就事先把儿子打发到福利屯的一个亲戚家。等征兵的闯进他家的门，直接点了他儿子的名时，老刘赶忙作揖施礼，谎说儿子到外地去看病了。征兵的仿佛早就知道了事情的原委，没等老刘说完，上去就是两个大嘴巴，骂骂咧咧地说：“征兵是上面的命令，谁要敢公开违抗，就抓去坐牢！”

老刘一边揉着腮颊，一边解释着说：“长官要是不信，就问问左邻右舍的，我儿子真的是看病去了！”

征兵的斜了老刘一眼，厉声喝道：“我问你，你儿子死没死吧，只要是有口气儿，就得给我去！”

说着，那征兵的往炕头上一坐，说：“行啊，你儿子啥时候回来？我等！”

最后，老刘还是让老伴儿从箱子底下掏出准备给儿子娶媳妇押婚的钱塞给那人，那人才骂骂咧咧地走了。

征兵的走了，老刘两口子你看看我、我看看你，两行老泪沿着腮颊扑簌簌地淌了下来。

当兵这一劫好歹算是过去了，可到了转年2月，就不那么幸运了。

那年2月9日，伪满洲国民生部公布了《劳动者紧急就劳规则》。紧接着，就开始到处派“劳工”，抓“浮浪”，修筑军事工事。仅桦川一个县，就先后有5000多人被抓去当了劳工。这次，老刘费尽了心思，也没能让儿子躲过去。

儿子被抓走那天，老刘媳妇突然间连哭带笑的，一下子精神失常了。她披头散发地到处乱跑，连声地喊着儿子的小名儿。一开始，老刘跟着她。她跑到哪儿，他就跟到哪儿。跟来跟去，老刘犯了哮喘病，一头攮在村头的壕塄上，活活地憋死了。老刘媳妇跑哪儿去了，是死是活，东老八屯没一个人知道。至于老刘的儿子，就更没有了消息。

有人传说，他在修虎林的军事工事时，被小鬼子给害死了。

除了实行《劳动者紧急就劳规则》，伪桦川县公署以协和会为中心，开始为期两个月的所谓“金属献纳强调运动”，也就是强行在民间收缴一切旧金属制品。那段时间，东老八屯那几户人家被折腾得用鸡犬不宁来形容简直是轻描淡写了。屯里老徐家老太太还是年轻的时候嫁到徐家，娘家陪送了一对描金刺楸箱子，老太太格外爱惜。尤其是娘家人都没了的时候，那对箱子就是她唯一的念想了。于是，老太太天天拿着抹布仔仔细细地擦了一遍又一遍。一次，老头子搬板凳不小心把箱子磕了一个顶针大小的坑儿，老太太居然把老头子骂了个狗血喷头。谁知，伪县公署来人收缴，一进门就看见那箱子上溜光锃亮的铜鼻扣儿。不由分说，竟弄着根铁棍生生地别了下来，还连带着把鼻扣儿边上的箱子板儿弄坏了一大块。老太太见状，疯了一般，恨不得跟那人拼命。

更可恨的是，伪县公署收缴人员实在找不到破铜烂铁，就打起了犁铧和锄头的主意。一个庄户人家没有了犁铧和锄头，那地里的庄稼该怎样侍弄呢？

紧接着，伪县公署又成立了“搜荷督励本部”，下设搜荷工作班、取缔班、情报班、配给班、宣抚班、青年特别工作班、少年特别工作班等，下乡搜刮粮食。那些伪县公署警务科的警察极力效忠于日伪当局，变着法儿地欺负老百姓。在催逼“出荷”粮时，在木杆上绑上粮探子，不管你是草堆、炕洞，还是棚顶，到处一阵乱捅。更有甚者，有时候连厕所都不放过。老百姓都称之为“绝户枪”。

人祸自然可恨，天灾也同时在欺辱那些柔弱的苍生。

1943年7月，包括东老八屯在内的悦来镇周边地区发生了夜盗虫。

大约有半个月时间，地里的庄稼尽数被虫子吃光。一个庄户人家，从年初到年底就靠那几亩地艰难地过着日子，如今庄稼绝产，还指着什么过日子啊?

屯子东南角的赵六子自发现虫子开始，就日夜守在自家的地头上，连眼睛都熬红了。眼睁睁看着长势尚好的庄稼最后竟然被虫子吃的只剩下齐刷刷的光杆儿，恨不得一头攮进地头的壕沟里。

什么是“叫天天不灵，叫地地不应”，想想当时的赵六子，就会有最好的答案了。

就算到了1948年，天公也并不作美，从5月8日到6月25日的48天内，包括东老八屯在内的桦川境内的大部分村屯都没有降雨，几乎是百年不遇的特大干旱。

到了6月9号那天，天好不容易阴了下来，人们仰望着天空，心里默默地祈祷着，盼望老天爷可怜可怜苍生，下一场透雨吧!

雨，没下来，却来了一场任谁都没见过的特大冰雹。

好事儿的捡回来一个，拿秤一称：9斤还多!

不知有多少山东、河南和安徽的人们在老家实在过不下去了，纷纷携妻带子一路奔向关东。岂不知，关东也不哪儿都是天堂。莽莽苍苍的黑土地着实养育了一代又一代的关东人，但那块原本肥沃的土地已经被豺狼们恣意践踏地千疮百孔。在那些苦难的日子里，他们看不见那轮鲜红的太阳。他们永远面对的是如晦的风雨，如磐的长夜！而东老八屯的老少爷们儿不仅见证了那段不忍回眸的历史，他们还承受着另外一重深重的苦难!

翻阅着这些相关的历史资料，笔者的心灵都在承受着痛苦的煎熬。我们分明看到，东老八屯的乡亲们匍匐在村南的营子岗上，向着苍天嘶哑着呼喊：老天爷啊，给我们一条生路吧！既然造物者把他们送到这个世界，总该带给他们一些欢乐、带给他们一些财富、带给他们一些健康。可这一切的一切，都是东老八屯可望不可即的幻梦。他们只能在漫漫的长夜里一次次盼望着黎明，盼望新一轮太阳带给他们一丝温暖。然而，他们的盼望总是以失望告终，于是，他们只能低低地垂下头，让泪水一滴滴地洇湿脚下的土地，任凭脚下生长出一茬茬无尽的哀愁……

第二章　天亮了，解放了，还没有阳光

一

1949 年 10 月 1 日，中华人民共和国成立了。桦川县县直机关职工和各区、村广大群众纷纷在村镇集会，以无比喜悦的心情庆祝这一伟大的时刻。从他们洋溢着笑容的面庞上，便能够感受得到那种生长在内心深处的幸福和快乐。

东老八屯的人们也都起大早就赶到苏家店，跻身于欢庆的队伍之中。

自土地改革以来，他们已经深深地感到中国共产党给他们带来的许多惠民政策，尽管眼下日子过得依然紧巴巴的，但他们过得踏实、过得舒心。

用他们的话说，作为庄稼人，有了土地，便有了保障。土地是他们的命根子，是他们赖以生存的根基。于是，东老八屯的人们非常宽慰地在属于自己的土地上心甘情愿地抛洒着汗水，甚至，早已忘记了疲累。就算歇气的时候，装上一袋旱烟，眼睛也始终盯在田垄间绿油油的秧苗上。穷了大半辈子上了岁数的老人们，个顶个地把那秧苗当作自己的孩子一般悉心地侍弄着。

然而，笼罩在他们心头那片云翳却是越来越厚重了。

那就是粗脖根儿的病症越来越严重了！

冲着东老八屯那块平整的土地和淳朴的民风，村子早已聚成了一定的规模。南北二屯扑奔亲戚来的，还有那些闯关东没有地方落脚的，东老八屯的人们一律敞开胸怀，收留了他们。就连躺在大道上有今天没明天的流浪汉，东老八屯也毫不吝啬地给他们一碗饭吃。可天长日久，他们发现，只要在东老八屯待上几年，那粗脖根儿就一定会攀上身来，无论男女老幼，几乎无一例外！

闲暇无事，老少爷们儿聚在一起扯闲篇儿，讲今说古。说着说着，张老三就蹙着眉头端详着李老四："哎，我说兄弟，你那是胖了，还是咋的？"

李老四纳闷儿地问："你什么意思？"

张老三："你那脖子？"

"哎哟，可不是咋的！"李老四摸着自己的脖子，这才感觉到，确实有了变化。

李老四回过头来，再眯缝着眼睛打量张老三，轻轻地摇了摇头："哼，不对，你那脖子也不比我苗条多少！"

张老三用手仔细地捏了捏自己的脖子，里面确实有一个硬结儿。

谁也别说谁，或轻或重，都差不了多少。

不过，这粗脖根儿就是看上去不好看，尤其那些严重的，下巴颏下生出个瘰，看上去特别不舒服，可不仅不影响智商，也不耽误干活儿。

几百口子人中，毕竟还有明白事儿的，知道这一定是水土的关系，不然，不会一个两个得了，怎么全屯子人都得上了。于是，有点儿门路的套上花轱辘子车，把那点儿家当装巴装巴，蔫巴悄地搬走了。那些没有任何门路又舍不得那十几亩地的，就只好在屯子里靠了。

整个东老八屯就这样沉浸在沉闷得几乎能憋死人的氛围中。

更有甚者，那就是凡是患有粗脖根儿的青年人生下的孩子，不是聋哑，就是智力障碍！

这不是一家两家，几乎无一幸免！

这该是何等的可怕！

一天，一个据说曾经以求神问卜为生的阴阳先生偷偷地跟屯里人透露，东老八家的人就因为这种病症都死绝户了，还以他为村名，还有个好儿？

屯里人一听，恍然大悟：一准儿就是这么个理儿！于是，几个敢于出头的人找到上面，也不说什么原因，就反复强调，村名太俗，要改。还说，这是全屯子人的想法。

上面管事的人觉得也有道理，既然屯里人坚持，那就改吧。商量来商量去，不是害怕痴傻吗，那就反其道而行之，干脆改一个挟带他们满怀期望的名字——集贤！

从那时开始，所有的官方资料上，便有了“集贤”这两个虽然叫不习惯却寓意十分美好的字眼儿。

二

1952 年 12 月 15 日，中共中央公布了对于农村和农民来说，具有划时代意义的文件——《关于农业生产互助合作社的决议》。自文件颁布之日起至翌年的 4 月，桦川县已经试办了 45 个初级农业生产互助合作社。

拥有 5000 年文明的中国，从刀耕火种伊始至今，第一次开始了农业上的合作生产。一向是自家地自家耕的庄户人家，在农业生产上有了集体的观念。

1955 年初，经黑龙江省委农村工作部批准，桦川县开始了高级农业生产合作社的试点工作。同时，落实中共中央和国务院发出的《关于迅速布置粮食购销工作，安定农民生产情绪的紧急指示》，采取定产、定购、定销的措施，当时称为“三定”。为了让广大农民真正地了解新政策，县委派工作队深入村屯大张旗鼓地宣传，集贤村自然也迎来了工作队。

各项运动频繁地开展，各种会议频繁地召开，曾经比较封闭的集贤村和外界有了一些接触。但因此，也发生了许多分外尴尬的事情。

1956 年 7 月，由于连降大雨，松花江上游洪峰下泄，桦川县所属的建国、星火、拉拉街等乡沿松花江坝外农田全部被淹，眼看着江堤也岌岌可危，县委、县政府紧急动员全县群众参与抢险。集贤村当然也不例外，他们派出十几人加入了抢险行列。

当他们风风火火地来到指定的江堤，顶着雨和其他村屯的人们一起装沙包、打木桩加固江堤时，突然发现身边的人都用异样的目光审视着他们。更有甚者，居然大声地对他们说：“你们肯定是‘傻子屯’的！不用问，一看就知道，你们那儿是有标志的！”

有人没听明白，不解地问：“‘傻子屯’？哪儿是‘傻子屯’？”

“咱们县，恐怕全中国就他们一个‘傻子屯’，还用问？”先前那人说得毫无顾忌。

是啊，集贤村派出去的十几个人，个个都有粗脖根儿，明显地嘟噜在下巴下边，还有两个智商有些低下的半大小子。

集贤村的人还能说什么呢？

从那会儿起，集贤村的人才知道，集贤村已经名声在外了，并且有了一个“傻子屯”的雅号。还有一次，乡里召开三级干部会议，作为大队一级组织，自然要组织大队和生产小队的干部参加。

会议开到中午，吃饭的时候，按常理，都是一个大队的人坐在一桌，也好唠点儿家长里短的。集贤村一共去了 7 个人，按照要求，每桌 10 人。可周围所有桌都坐满了，唯独集贤村这桌还空着 3 个座位。

他们百思不得其解！

他们左侧那桌宁可挤着 11 个人，也不到他们桌来。他们正纳着闷儿，听见那桌一个沙哑着嗓子的人冲着想要过到他们那桌的人说：“就在这将就着吧，别去，小心传上！”

原来如此！

集贤村的人沉默了。那顿饭，谁也没说一句话，草草地吃了几口，都低着头走出饭厅。

难道集贤村的人就那么可怕吗？

他们的自尊心受到了严重的伤害。那种无法掩饰的悲哀从心底升腾而起，一瞬间便笼罩了他们的整个神经，乃至于他们的灵魂！

他们能说什么呢？

就这样，逐渐地，“傻子屯”声名远播，远近皆知了。

三

1960 年，由于自然灾害，工农业生产大幅度下降，粮食、副食品以及日用品供应出现紧张的形势。集贤屯和其他的农村村屯一样，一下子陷入了生活困难的状态。分到的口粮根本就不够吃。家里人口多，而且以孩子为多数的家庭还稍微好一点，越是年轻力壮、劳动力多的家庭，个个能干也能吃，一年的口粮还不够半年吃的。

没办法，只好瓜菜代。

原本就病病歪歪的村子，这下子更是雪上加霜，没法儿面对了。

1961 年，公社所属管理区一律改称生产大队。生产大队下设生产队。我们采访了原来生产大队的干部，他说，那个时候最难的是组织集体生产和集体活动。全村的劳动力能够顶个儿的没多少，正当年的绝大多数都是粗脖根儿病的下一代，不仅又聋又哑，还都有智力障碍。生产队长和打头的分配他农活，说了一遍又一遍，还是听不明白。就算听明白了，也给你干个稀里糊涂。你说，你给他记多少分儿吧？记少了，他家里人得跟你磨叽；记多了，别人还会有意见。一个字——难！

就因为病症缠身，集贤大队多了许多贫困户。就算年景好了，也有人赚不到工分，没有工分，一年到头就没有什么零花钱，别说买一些衣物了，甚至连一个裤头都买不起。一年到头，上级政府总会拨下来一笔救济款，好让那些贫困户过个年。每逢这个时候，集贤大队的干部就一遍遍往公社跑，央求公社领导能照顾照顾集贤大队，向他们倾斜倾斜。

集贤大队的情况谁都清楚，公社领导更是了如指掌，再困难也不能都倾斜到你集贤大队去。再说了，就算把那点儿救济款都给你集贤大队，又能解决什么太大的问题?

这简直就是一个再穷不过的村子，也是一个再烂不过的摊子!

1971年冬天,集贤大队的老支书病重,实在不能继续工作了。那么,由谁来接任下一届支部书记成了集贤大队乃至于苏家店公社一件令人为难的事情。

四

人们惊讶地发现，屯里的粗脖根儿病越来越严重了。

“粗脖根儿人人有，大气瘰像个柳罐斗，痴傻呆茶满街走，哑巴半语乱摆手，姑娘对象往外走，小伙参军靠进口。”这就是集贤村真实的写照!

采访期间，笔者问了几位上了点儿年纪的村民，包括现任的支部书记，他们都说，那些年他们都曾经长过粗脖根儿。或轻或重，凡是集贤村的人，就不用多问。

集贤村还曾有过号称“四大名旦”的人，叫作“单干户不知丑，宝贝儿不如狗，饲养员趴猪圈，大美人不敢看。”

被称为“单干户”的是个小伙子，名叫陈明强。无论春夏秋冬，整天赤身裸体地在村里晃荡。他走在大街上，经常是用手攥着下面的小弟弟，还笑嘻嘻地十分得意。就这样，被人形象地比喻为牵着老牛单干。

那个“宝贝儿”名叫李宝玉。望子成龙是人的天性。但李景芳的宝贝儿子不仅没有成为贵人，却傻得什么都不懂，甚至连两岁孩子都不如。

“饲养员趴猪圈”说的是王木匠儿子的事儿。王木匠看见儿子一天到晚傻咧咧地到处瞎逛游，就想让他学着做点儿事儿，于是，就试着让他侍候他家好不容易养起来的那头老母猪。结果天黑还没回来，才发现儿子正搂着老母猪睡得香香的。

“大美人”叫孙亚范。说她是大美人，纯属反其意而唤之。谁也不知道，她是没洗过脸，还是从来就没有洗净的时候。两只眼睛整天糊着眼屎，鼻涕抹一脸，穿衣服不仅不知道倒和正，时常干脆就光着半截身子。

一次，抗联老战士、省政协副主席李敏来集贤村考察，还专门到“大美人”家看看。老领导没有半点儿嫌弃她，坐在她身边，还拉着她的手，问了一些简单的情况。走出大门，人们分明看见，两汪泪水在李敏的眼圈里打转。她反复地嘱咐当地的陪同人员，一定要不遗余力地照顾好这些弱势群体，保证他们的基本生活水准。

弱势群体，这个词用在集贤村哪一家、哪一户、哪个人身上都恰如其分!

村子里还曾流传着这样一段顺口溜：“看办公室的识数不过五，托儿所大孩儿到十五，初中生不识一百数，车老板儿选上二憨肚。”

那个时候，所有的生产大队的大队部都有个通信员，一般都选个单身的，就住在那儿，跑跑腿、学学舌，捎带着看门。集贤村选了个看办公室的外号叫“王丫头”。王丫头是个老实人，老实到非常笨拙的程度。没念过书，不识字，这都是可以理解的。可不识数这一点人们就整不明白了。更有了解的人说，说王丫头不识数，多少有点儿冤枉了。要说识数不超过5个，倒是确有其事。

有一次，公社派工作组来村里指导工作，一共来了5位。王丫头负责派饭，瞪大眼睛看着工作组的人员，扳着手指头愣是没数过来是几个人。最后还是村干部帮着王丫头把午饭安排了。

这就有了那段顺口溜的第一句。

第二句“托儿所大孩儿到十五”，说的是张荣家的事。张荣和媳妇两口子都有病，基本丧失了劳动能力。至于那个家还算不算个家，很难说。

一次，县里一位领导到村里访贫问苦，村干部把他们领到张荣家。

那位领导一走进张荣的家，简直是目瞪口呆：这还是人住的地方吗？

屋子里连基本的生活用品都没有，土炕上的席子已经破碎得连不上片，一床破旧的棉被看不出模样，用家徒四壁来形容绝不为过。更让人惊讶的是，屋子西北角竟然有个斗大的窟窿，从屋里可以看到外面。那位县领导叫过村干部，质问他是否来过这户人家。村干部没法回答，因为没有谁比他还了解集贤村的情况了。像张荣家这样的情况不止他一家。他就是想管也管不过来。

那位县领导当即吩咐，抓紧先把那窟窿堵上。然后帮助买领炕席和碗筷等生活必需品。

那个托儿所托到十五岁的男孩儿就是张荣的儿子。

张荣的儿子是个智障儿。不仅自己的日常生活不能自理，需要人照顾，就连拉屎撒尿自个儿都整不明白。张荣两口子几乎常年躺在炕上，根本管不了儿子。没办法，就把孩子托付给邻居老吕太太。

老吕太太倒是个热心肠的人。她分文不收地把自家当成了托儿所。天长日久，照顾那傻小子吃喝倒还可以，难为老太太的是那么大个半大小子还得给他擦屎揩腚。更让老太太为难的是，那傻小子常常把屎拉在裤兜子里，熏得老太太直犯恶心。

熬到傻小子 15 岁那年，老太太实在撑不住了，才把他送了回去。

村里一个叫作陈明亮的孩子，谁也说不清楚，他是怎么样混到了初中的。

有好事儿的人，背地里打了个赌，说别看陈明亮是个初中的学生，他绝对数不过 100 个数。有人不信，说都上了初中了，怎么也不至于这样。

说着说着，两个人真的就赌上了。

他们找了个机会，在苏家店中学的旁边等到刚刚放学的陈明亮。打赌的其中一个掏出了一沓 100 张一寸宽两寸长的卷烟纸，求陈明亮给数数，说是分给另外那人一半。果不其然，陈明亮数来数去，数了好一会儿也没数明白。

首先提出打赌的人真的就赌赢了。

“二憋肚”是一个年轻的车老板的外号。

从这个外号就能感觉得到，二憋肚不是个精明人。

一般的车老板都非常熟悉路，而且大多数人都记道儿。

二憋肚就不一样了。

村子里实在没人了，就选二憋肚当上了车老板。

二憋肚懂得牵马套车，也懂得吆喝着马匹出门上路，至于大车往哪儿赶，他就从来没弄明白过。

再说，二憋肚吆喝牲口也不同于别的车老板。别的车老板吆喝牲口常用的是“吁”“驾”“喔”等，而他清一色“噢、噢”的。

那些他使唤过的牲口起初弄不明白他到底是什么意思，时间长了，竟然心有灵犀般地听懂了他那独特的语言。要说习惯一旦养成，就很难改变了。那些能够听懂他指令的牲口，就再也没法执行那些正常车老板的指令了。

为了改变集贤村贫病交加的状况，集贤村的人们不是没有想过办法。

有人说，集贤村是因为有瘟神，才到了这般境地。于是，有人给老村长张百臣出主意，说是无论如何得想法把瘟神送出去，不然集贤村没个好儿。张百臣摇摇头，他不信。不知那人怎么串联的，竟有一拨又一拨的村民来找张百臣。张百臣拧不过，只好和一些上了些岁数的村民把煤油拌进谷糠里，晚上，在村中的路上撒路灯。他们要送走瘟神，不要让那瘟神再折磨集贤村的老少爷们儿了。

瘟神并没有送走，集贤村的后代依然是痴傻呆苶层出不穷！

不知是哪位阴阳先生又发布高论了，说集贤村南面的营子岗是松花江主流北移之后留下的一条土龙，在龙头的位置上能看到一块 2 米见方的石头尖儿。就那石头尖儿是只石猴，那石猴歪着头冲着村子，日夜凝视着，使得村子不得安宁。

村干部也没办法，死马当活马医，既然有人说了，就领着人们拎着大锤和铁钎子，抠了半个月，终于把那个石猴抠没了。有人觉得这还不行，愣是往深了又刨进去挺深的一块。

他们那是要把集贤村的傻根儿彻底地抠出去！

集贤村的人们觉得这下子可以万事大吉了，出乎他们意料的是，那傻根儿牢牢地扎在集贤村的家家户户，而且是根深蒂固。

第三章　临危受命，许振忠成了“傻子头”

一

1971年冬天，集贤村的老支书病重，不能再主持村里的工作了。谁来接老书记的班成了集贤村和苏家店镇党委的一件难事。

我们可以想见，有谁愿意把一个沉重的负担扛在肩上？他们谁不知道，有多少村干部呕心沥血，一门心思想改变集贤村的面貌，但到头来村子还是那样的穷、傻子还是那样的傻。

人们纷纷议论下一届人选，猜测着到底谁能够接手这个烂摊子。稍微精明一点儿的人都说，想要接手的人一定是比村里最傻的人还要傻上十倍。

情况果然如此，苏家店镇党委书记刘正发亲自带人到集贤村摸底，跟村里的老党员逐个儿谈话，谈话的对象没一个敢勇敢地站出来担此重任，可他们都不约而同地推荐了一个人，那就是在大队担任会计的许振忠。

对于许振忠，刘正发还是比较了解的。

基于他的了解，集贤村支部书记应该是非许振忠莫属。但对于农村工作比较熟悉的他心里非常清楚，就是安排许振忠做这个支部书记，也要征得村里的大多数党员的同意，同时也要听取那些基层群众的意见，只有这样，在日后的工作中，他们才会真心地拥护这个人选。

在这前前后后，许振忠已经听到了风声。

他从心底感到畏惧。

他在这个村子已经生活了这么多年，村里的大事小情他都经历过，家家户户的情况都在他的心里，更何况，他还担任着生产大队的会计一职。

那几天，他在心里不住地盘算着，怎样才能躲过支部书记的角色。他甚至想过，能不能到外地躲一躲？

他心里非常清楚，真要把“傻子屯”治理好，好比是拿麻杆儿当扁担，实在是太难了。

后来，他干脆就想，无论怎么做工作，他要不答应，也不会有谁绑着他去做。于是，他干脆就土豆熬酸菜——硬挺！

许振忠没有想到，那一天傍晚，刘正发书记找到他，硬是跟他谈了一整宿。

无论怎么说，任你刘正发说出花儿来，许振忠就是不应承。

到了最后，刘正发从上衣口袋里掏出了一个小红本儿。举到许振忠面前，问：“你认不认识这个？”

许振忠一看，是《中国共产党章程》，作为一个党员，哪儿有不认识党章的道理。于是就说：“是党章，我当然认识！”

“那你承不承认党章？”刘正发直盯盯地看着许振忠，问道。

许振忠毫不犹豫地说：“作为党员，哪儿有不承认党章的道理？我是党员，就算刀架到脖子上，我也承认党章！”

刘正发终于兴奋起来，问许振忠：“党章中有一条叫作‘个人服从组织，下级服从上级’，你还记得吧？”

许振忠没词儿了。

他点了点头，说了句：“我记得。”

刘正发说：“那好，许振忠同志，按照党章的要求，个人服从集体，现在集贤村需要你，你必须挑起支部书记这副担子！”

许振忠再也无话可说了！

走出和刘正发谈话的那间屋子，天快亮了。

许振忠望着东方天际那淡淡的云翳，整个人仿佛都被那云翳笼罩着，一片迷茫。厚厚的积雪覆盖着苍茫的大地，村庄沉浸在无边的死寂之中，看不到半点儿生机。

许振忠拖着沉重的双腿，缓慢地挪着步子。

他感到从未有过的疲累……

二

许振忠生于 1943 年 4 月 29 日，地道的本地人。父亲的名字叫许全，曾在抗联的队伍上当过连长。

在许振忠的记忆深处，他小时候就曾经历过腥风血雨。

因为父亲在抗联上带队伍，得罪了不少土匪和地主豪绅。

一次，一股土匪前来报复父亲，入夜之后，骑着马来到许家的大门前，一边使劲地砸着大门板，一边厉声喊道："许全，你给我出来！"

许振忠的奶奶是个不怕事的女人，她知道那些匪徒来者不善，但沉着应对。她吩咐儿媳妇赶紧把乳名唤作小官的许振忠藏在炕沿底下，然后独自一人来到大门边，冲着门外的土匪们喊道："喊什么喊，许全不在家！你们要是不怕死，再喊，我可就扔手榴弹了！"

大门的另一边，和许振忠父亲交往深厚、亲似兄弟的金运的儿子金德子，无意间在月亮地儿看见那伙土匪逼近了许家的大门，就撒开两腿跑向西炮台，找到许振忠的二伯父，气喘吁吁地把情况向他学了。许振忠那当过兵的二伯父二话没说，拎着一杆红缨枪大步地跑向那伙土匪。他一边跑，一边喊道："大部队，给我上！"临近那伙土匪，二伯父把手中那杆红缨枪投射出去。

说来也巧，那杆红缨枪刚好扎在匪徒中领头的马靴上。匪徒"嗷"的一声惨叫，连马都顾不得了，撒腿就跑。跟着一起来的匪徒见状，也都一起做鸟兽散。

一场危机就这样化解了。

事后，二伯父指着那几匹马对许振忠的父亲许全说："老疙瘩，这是咱们的战利品，你看应该怎样处理呢？"

许全笑了笑，说："依我看，这几匹马咱不能留下，还是应该交给抗联。抗联上需要马匹。"

二伯父是个开明的人，当即就对老弟弟说："好，就听你的！"

第二天，许振忠的父亲就把那几匹马送到了抗联队伍上。

许振忠后来听老人们说，他父亲还受到抗联的李延禄表扬了呢。

许振忠的父亲是1945年4月遇难的。

那个时候，许全从抗联回到地方，负责维护地方的治安。那一天，他发现了土匪开设的一处秘密赌局。

当然，开设赌局的土匪们隐藏了他们真正的身份，但许全心里明镜似的。

他一身正气地闯进了那个赌局，冲着两个姓高的匪徒命令道："走吧，跟我去镇公所！"

匪徒们瞄了一眼许全，见他是孤身一人，就毫无顾忌地动起手来。

就这样，双方交起手来。许全把两个匪徒打趴下了，他也受了伤。匪徒们见许全不依不饶，再这样耗下去，影响不好。开设赌局毕竟不是正大光明的事情，就谎称跟许全去太平镇村公所。

许全觉得邪不压正，自己一身正气，还怕几个土匪吗？就跟着他们往太平镇的方向走去。

从开设赌局的村子去太平镇，途经一个唤作一撮毛的村子。一撮毛的村子后头有一片十分密实的柳树毛子。当他们到了一撮毛的时候，天就已经擦黑了。姓高的哥俩儿使了个眼色，就把许全弄进了柳树毛子里了。他们拔出不知从哪儿弄来的斧子，使劲地往许全的头上砸了一下，然后把他绑了起来，还连声问："姓许的，还去不去镇办公所了？"

许全的头部顿时鲜血涌出，但他依然分外倔强地说："只要你们不把我打死，就去镇公所！"

两个姓高的匪徒又继续问道："许全，你还告不告了？"

这时的许全已经被头部剧烈的疼痛折磨得大汗淋漓了，但他依旧十分坚定地说："只要你们不把我弄死，就没完！"

两个匪徒恼羞成怒，对着许全又是一顿拳打脚踢，狠狠地说："我叫你没完！”

许全自知难逃一劫，义正词严地说：“来个痛快的吧！不过，就算我死了也不会放过你们！”

那两个匪徒最后下了死手。

还是一个卖针头线脑的货郎路过一撮毛，目睹了这一幕。他赶紧挑着货担子急匆匆赶到东老八屯，找到许全家的一个邻居，上气不接下气地说：“快去告诉许全他二哥，许全在一撮毛被害了！”

后来，土改工作队得知了许全被害的经过，派一个外号叫王大草帽子的民兵带人把两个姓高的匪徒抓了起来。

审问期间，那两个匪徒都说，如果不是许全太犟了，稍微服点儿软，放过他们，也不会对他下了黑手。

不久，那两个匪徒被判了死刑，枪毙了。

父亲被害那一年，许振忠还不满 2 周岁。

年纪轻轻的母亲无法生存下去，更没有能力养活自己的孩子。加上许振忠的奶奶非常开明，不忍心叫刚刚 20 出头的儿媳妇守寡，一遍遍劝说她向前再走一步。许振忠的母亲很是无奈，经人介绍，改嫁到太平镇的东河村一户姓姜的人家。

无论如何，母亲也舍不得自己的孩子，她和婆婆商量，一定要带走儿子，待孩子长大了什么时候愿意回到东老八屯，就让他回来。就这样，小小的许振忠跟着泪眼婆娑的母亲一步一回头地离开了东老八屯。

老实巴交的继父姜凤山对待小许振忠不怎么亲近，这也是小小的许振忠满脑子里的记忆仍然是营子岗下的那个东老八屯的主要原因。尤其是，东河村和许振忠般大的玩伴们闹别扭的时候，就冲着许振忠喊：“带葫芦子，带葫芦子！”

起初，许振忠不明白“带葫芦子”是什么意思，回家问母亲，母亲不知该怎样跟尚且懵懂的儿子解释，就含着眼泪岔了过去。

许振忠明白了母亲的心思，知道“带葫芦子”不是什么好话，就不再执意追问了。不过小小的许振忠没有放弃弄懂其中的意思，他千方百计地和喊他“带葫芦子”的那位和好，在一个适当的时机问他“带葫芦子”是什么意思。

那孩子原原本本地告诉了他，并说，他也是听他爷爷说的。

到了 7 岁那年，许振忠跟母亲说出了自己的心思：他要回东老八屯看看。

当许振忠说出这话的时候，母亲有些惊诧，她盯着儿子看了好一会儿，咬着嘴唇儿，一字一句地说：“孩子，你懂事了，回去吧，东老八屯是你的根啊，你是老许家的血脉！我跟你说过，你爹是被土匪害死的，是共产党给咱们报了仇，这个恩你得报。孩子，记住，人得有良心，无论什么时候，也无论做什么事都得讲良心啊！”

母亲含泪把许振忠送出村外。

那是一个细雨霏微的春末，大地上的苞米和高粱都长到一尺多高了，绿油油的，就像一个个孩子承接着上苍赐予的雨露，微微地摆动着身姿。

走出老远，许振忠回头看见母亲依然站在村前的小路上，鬓发被微风轻轻地撩动着。母亲一动不动地站在那儿，像一座岿然屹立的雕像！

直至今日，那雕像依然屹立在许振忠的记忆深处，尤其母亲那句“什么时候都得讲良心”的话，也一直在许振忠的心头脑际回响。

尤其到了进退抉择的关键时刻，他都会自觉或者不自觉地想到母亲那深中肯綮的叮咛。

许振忠回到了东老八屯，回到了二伯父家。

后来，长大了的许振忠央求奶奶带他去看母亲。

走路很吃力的奶奶懂得一个孩子对母亲的思念该是何等的滋味。许振忠想要去太平镇东河村的时候，她几乎没有一次不答应的。

三十里路，祖孙二人步行前往。

一路上，奶奶总是给他讲述东老八屯的故事和许家的那些往事。

正因如此，许振忠小时候心里不仅装满了许家，同时，也装满了整个东老八屯。

从那个时候开始，许振忠就经常去看母亲，去看看那边和他同母所生的弟弟妹妹。就算再忙再累，他也会抽出时间，骑着自行车，说走就走。但是，当他接任村支部书记的时候，去看母亲的次数明显地减少了。

许振忠每次去看母亲，母亲都千叮咛万嘱咐，告诫他，管村里的事一定要像管家里的事情那样管，多照顾那些条件不好的人家，做人做事一定要讲良心。

母亲弥留之际，许振忠接到信儿，急匆匆赶到东河村，他没有赶上见母亲最后一面，一进门，就跪在母亲的棺木前，冲着已经入殓的母亲遗体，哭诉着说："妈，你放心走吧！弟弟妹妹都跟我说，你临走之前还让他们转告我，做事一定要讲良心。儿子记住了！儿子这辈子都不会坏了良心的！儿子真要做了坏事，九泉之下也得接受您的惩罚啊！"

三

许振忠接过了集贤村支部书记这副重担，但他答应刘书记，试试看，如果不行，就马上换人。可连他自己也没想到，村支部书记这副重担，他一挑就是30多年！

农村的活，没有许振忠没干过的；农村的事，也没有许振忠不明白的。但面对集贤村这样一副烂摊子，他着实有些犯难了。

当上支部书记最初那几天，他几乎整宿整宿睡不着觉。脑子里像塞进了一把三楞草，乱糟糟的。

他已经记不清有多少次，到了夜深人静的时候，他披着衣裳，沿着村中的小道一圈一圈地走着。

在那些低矮的草房前，他停了下来，凝视着仅有的亮着灯火的几户人家，还有窗前憧憧的人影，他越发感到两条沉重的腿迈出的脚步的艰难。是啊，没有他许振忠，集贤村当然还是集贤村，村子里那千八百口人照样迎来一个个日出、送走一个个日落，照样在阒寂的长夜里做着香甜的梦。然而，他毕竟被党组织放在了一个寄予了无限希望的位子，那些充满美好希冀的目光聚焦在他的身上，不容他有半点儿违拗、半点儿懈怠。

集贤村旧貌

有一天，他实在睡不着了，就独自一人踏着满地如水的月光，走上了村南的营子岗。

满山的柞树和杂草把那条羊肠小道挤得窄窄的。也许因为他的脚步声惊扰了山上的鸟儿和虫儿，一时间叽叽喳喳的，像是在猜测他这个不速之客到来的目的，或者诉说、议论着什么。

他站在高处，仔细地审视着那个进入梦乡的小小村庄。

突然间，他感觉村子里每户人家都是他的家，每个人都是他至亲的亲人，他们每一个念头都联结着他的神经，甚至，他们每一次嬉笑怒骂都能够在他的心海掀起一阵阵滔天巨浪！

是啊，他没有理由退缩、没有理由不竭尽全力把他们从贫病交加的境地中托举出来，让他们的脸上绽放出舒心的笑容。

他不再犹豫、不再彷徨，那种顶多干上一年的念头、那种混大流的想法此刻烟消云散了。他一定要干下去，这个“傻子头”他当定了，而且一定要改变村子的面貌，不然，他还是他许振忠吗？

记得1957年，只念了一年初中的许振忠辍学了。原因只有一个，那就是家里需要劳动力挣工分。

那年他虚岁只有16岁。

许振忠辍学，学校的老师们都感到惋惜，觉得这棵好苗子不继续读书太可惜了，但又无能为力。

从学校回到家里，许振忠觉得这一刻自己长成了大人，应该为这个家出点儿力了。正赶上正月十六，村里需要到牡丹江的林口出民工修铁路。

许振忠是何等刚强的人，人虽然岁数不大，个子也不高，还显得有点儿单薄，但干起活来，却不啻为拼命三郎。虽说是二等民工，挑起土篮子，不仅比别人装得满，还比别人走得快。

回忆起当时的情形，许振忠说，那个时候就一个念头——拼！

他觉得，刚刚走出学校的大门，不能让别人说出半个“怂”字。

他说，那儿的吃和住条件都很差。连累带凉，弄得他腿疼，整整一个夏天没脱秋裤。

这样的活计，许振忠没少干过，这样的力气他也没少出过。可以问问村里每一个人，村里的哪件大事落下过许振忠！他相信，集贤村的老少爷们儿就是他许振忠成长的见证人！不然，他也不会成为中国共产党党员，也不会被推举为生产大队的会计。

许振忠当上支部书记后，他觉得第一件事就应该弄清楚集贤村的病根儿。他认为，要想让集贤村彻底翻身，首要任务就是要找到疾病的原因，没有比这还重要的事情了。于是，他与村两委的干部商量，把自己的想法说给他们。几位土生土长的集贤村人无一不觉得他说得有道理。就纷纷响应，跟着他四处查找原因。

许振忠和村两委的干部反复研究，请有关部门对村里的土壤、水、食物等进行多次化验，最后得出的结论是集贤村地表水碘含量不足1毫克，从而导致地甲病在该村横行。

检验员检测碘含量

病因总算找到了。

县防疫站在集贤村的水质化验单上清晰地写道："不适合做生活用水"。

许振忠拿着那份化验单向公社的领导汇报，正赶上公社召开党员大会，他举着化验单，大声说："我们'傻子屯'不是根儿上就傻，是傻在水上，不信大家看看，这儿写着呢！"

毫无疑问，许振忠是想呼吁大家帮帮他，至少可以造造舆论，以便引起公社领导和上级组织的注意。

就这样，前前后后四年，许振忠以集贤村两委的名义向县、市有关部门和相关领导打了近30份报告。至于他亲自上门汇报或者请示，那就数不清了。

为了"傻子屯"的未来，为了能把集贤村水的问题解决了，许振忠尽一切可能去争取机会。

《桦川县志》有这样一条记载：

1978年7月18日，黑龙江省国防工业局参加苏家店公社抗旱工作组向桦川县委、合江地委、省工交办、省委反映桦川县集贤大队地甲病严重状况，建议有关部门尽快解决该大队的打井改水问题，彻底防治地甲病。

接下来，又有几条记载：

8月1日，黑龙江省委领导同志看了省国防工业局工作组关于集贤大队地方病情况的调查报告后，做了批示，指示有关单位迅速落实。

8月15日，桦川县卫生科医疗队进驻集贤大队，积极治疗地甲病患者，并指导防病改水。

8月30日，中共桦川县委向省委写了《关于苏家店公社集贤大队地方病长期得不到防治的检查报告》，提出了弥补工作失职的一些措施。

10 月 28 日，黑龙江省委办公厅发出《关于桦川县苏家店公社集贤大队地方病长期得不到防治问题的通报》，通报批评了桦川县委领导的官僚主义作风。

11 月 23 日，黑龙江省食盐加碘防治地方性甲状腺肿现场会在桦川召开，县委向大会汇报了桦川县地甲病的情况和预防措施，有关市县介绍了防治地甲病的经验，与会人员走访了集贤大队病患家属，参观了桦川县粮库食盐加碘车间。

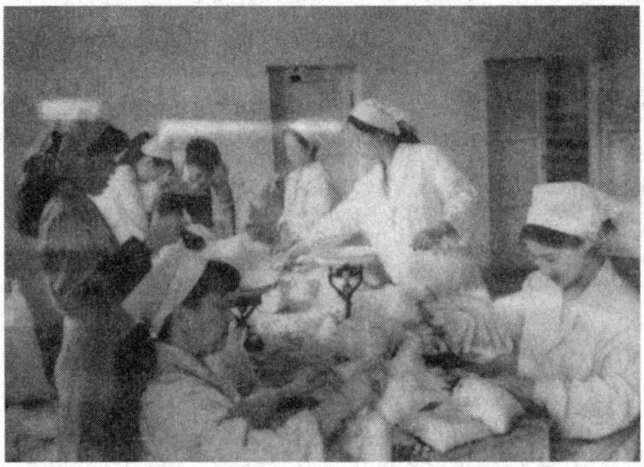

碘盐包装车间

以上是官方对于集贤大队关于地甲病方面的记载。

四

省里来的人确实看到了一个真实的“傻子屯”。

不少人看到那么多智力欠缺或者身患残疾的年轻人，聚集在一个小小的村落里，十分感慨，有人流下了眼泪。

旧日的“傻子屯”

许振忠非常清楚，受到当时条件的限制，“傻子屯”的事公社和县里心有余而力不足。如果能够解决，也不至于一直拖到今天。好不容易有机会向上级反映，他如何也不能错过。

许振忠和全村的老少爷们儿心里都明白，真正给集贤村带来机遇的应该是 1978 年夏天的那场大旱。

已经进入数伏的阶段，按理说，应该是雨水充沛的时节，可那年却是近两个月骄阳似火，滴雨未下。庄稼人急得像热锅上的蚂蚁一般，又无可奈何。他们眼睁睁看着满地里打蔫甚至有些枯黄了的庄稼，没了指望。

估计桦川县和全省其余地方一样，都遭遇了严重的旱情。不然，省委不能直接把工作组派到最基层。

被派到集贤大队的工作组组长名叫迟学志。

迟学志是省国防工业局某处的副处长，来到集贤大队，是许振忠接待的。人，很朴实，没有半点儿架子。

许振忠非常愿意接近他，就陪同他一起住在大队办公室里。工作了一天之后，两人就分别躺在临时搭起来的床铺上闲聊。逐渐地，迟处长了解了这个大队书记内心深处的伤痛。用许振忠的话说，一年大旱，全村老少爷们儿咬着牙一挺就过去了，而村里这块痼疾弄不好就是一辈子的事，甚至关系到子孙后代。

许振忠还说，要是解决不了这个病的话，他这个支部书记死都闭不上眼。

两人到了无话不说的程度，许振忠趁机把迟副处长领到那些患病严重的人家，让他感受一下在病痛和贫穷双重蹂躏下，那些家庭的生存状态。

每次从那些人家回来，迟副处长都久久地沉默在床上，能够听到的只是一声声长吁短叹。

又一次，许振忠跟他说着说着，迟学志突然泪流满面，哽咽得说不出话来。尤其当许振忠说到，跑断了腿、磨破了嘴、费尽了所有的心思也无济于事的时候，迟学志感受到了这个年轻的支部书记的一腔热血，还有那百折不回、锲而不舍的精神。他答应许振忠，回到省里，一定通过各种渠道把集贤村的情况反映上去，帮许振忠一把，也算帮助集贤村的老少爷们儿。

就这样，迟学志起草了一份比较详细的报告，分别送到桦川县委、合江地委、省工交办和省委。这才有了后来的一系列举动。

第四章　他终于长长地吁出淤积在心底的那口闷气

一

据 1978 年卫生部门统计，全村有地甲病患者 859 人，占全村人口的 65.4%；克汀病患者 150 人，占全村人口的 11.4%；18 岁以上完全丧失劳动能力的 61 人，占当时全村劳动力总数的 24.8%。最严重的 4 名克汀病患者已经完全成了废人。

按照省委的指示，1979 年 5 月，合江地区组织佳木斯医学院和地甲病研究室的专家教授对集贤大队地方性甲状腺肿和克汀病进行了专项调查。

李健群教授是这次调查组的带头人。作为佳木斯医学院副院长、佳木斯市地甲病研究室主任，他还在集贤大队成立了实验分室。

对于甲状腺肿，他们按照 1978 年 4 月秦皇岛会议规定的三型四度标准逐户逐人进行普查。他们确定了克汀病的诊断标准，分别是出生和居住在地甲病流行区；具有不同程度的智力障碍；患者临床表现用既往疾病和其他疾病无法解释者。此外，尚须具备以下条件中的其中一条者，才能确诊为该病症。那就是不同程度的语言障碍；不同程度的听力障碍；不同程度的神经运动障碍；不同程度的体格发育障碍；会有傻相、傻笑、额宽、眉间宽、塌鼻梁、鼻翼宽厚等面容。

首先，他们进行水碘及体内代谢参数的测定：分散选择 30 户饮水井的水样，用亚硝酸、硫酸铈接触法进行测定，计算其平均值和标准差。

接着，他们随机采取正常成年男女和克汀病患者的尿样各 22 份，用一次采样法，同时测定尿碘和尿肌酐，计算相当于每克肌酐的微克碘。

他们对甲状腺吸碘率进行了测定，也就是于清晨空腹服 2 微居里碘后，用安徽合肥产的 44—1 型闪烁甲状腺功能测定仪，分别测定 2 小时、6 小时、24 小时的吸碘率，共测定一年级、二年级、四年级 3 个年级的小学生 120 名。

他们又对 29 例克汀病患者做了血清 T4 测定，其中有 19 例还做了 T4、T3 树脂摄取比值及 TSH 浓度的测定。

他们还对 40 例克汀病患者做了腕、膝、髋关节 X 光摄片，做了 77 例克汀病患者的心电图描记，对克汀病患者的口腔情况做了调查。

李健群教授带领的小组这次共普查人口 1119 人。其中患甲状腺肿共 394 人，患病率占普查人口人数的 35.21%，肿大率为 74%，7~14 岁肿大率为 77.94%；男性 590 人中患甲状腺肿者 165 人，患病率为 27.97%；女性 529 人中有甲状腺肿者 229 人，患病率为 43.29%。男女患病率之比为 1 : 1.55，P 值小于 0.01，男女之间有显著差异。

在对集贤大队的普查中，李健群教授带领小组以资料较全的 132 例患者进行了分析。

在年龄方面，最小的 4 岁，最大的 54 岁。患者年龄集中在 30 岁左右。

在病型分布上，神经型130例，疑似混合型2例，未见有黏液性水肿型者。

在家族史方面，克汀病共84户家庭，其中56户患者的父母患有不同程度的甲状腺肿；克汀病患者具有家族发病倾向者115人；其中同胞中有2例以上克汀病患者的共有108人；克汀病患者的父母均是克汀病患者的有4人；父母中一方为克汀病患者的有8人；克汀病患者的父母只有一户是近亲婚配，在一个家庭中同时有两个克汀病患者的有40户，最多一户有6名克汀病患者，5名患者的有4户。

李健群教授带领小组经过调查研究，还总结出了患病者的主要症状与特征。

体格发育方面：132例中，体格发育较矮小者仅有9人，其余123例体格发育基本接近当地正常同龄人的水平。体格发育落后的程度与病型有关，比较矮小者均为中、重型。身高均值为144.06厘米，体重均值为38.58公斤。从身高、体重方面看，体格发育基本上与病区正常人无异，但体格发育不匀称，以耻骨联合为中心测量上下部高，其比值均较正常应有值幼稚。

性发育方面：对15岁以上的克汀病患者做了性发育调查，发现只有6例性发育滞后，占总数的4.5%。

智力发育低下：根据132例的统计，其智力无论在分辨力、理解力，特别是抽象的运算能力方面，均明显低于正常人，但程度轻重不同。按神经机能发育和智力缺陷的轻重分为白痴、痴呆、愚钝三度进行了调查。其中16例患者神经机能停留在婴儿状态；愚钝者92例，这类患者有一定的分辨能力和机械记忆，能料理生活，能参加一些简单的劳动，但思维活动差，不能上学学习；智力介于两者之间的痴呆者 24 例，智力水平的高低与疾病的轻重是一致的。

聋哑：132 例中，有听力障碍者 50 例，其中全聋者 32 例；有语言障碍者 79 例，其中全哑者 30 例。

克汀病面容：具有额宽、塌鼻梁、鼻翼宽、傻笑的克汀病面容的患者 97 例。病型越重，克汀病的面容越典型，笨相越明显。

神经运动障碍：各种不同程度运动障碍者 55 例，但多为走路不稳、步态蹒跚，无瘫痪患者。膝反射异常者 54 例，其中亢进 34 例、减弱 20 例。

甲状腺肿：132 例中，30 例有甲状腺种，一例 3° ，其余均在 2° 以下。大部分患者没有甲状腺肿大。甲状腺肿大与疾病的轻重没有直接关系，只有 2 例甲状腺功能低下，表现有黏液性水肿，其余甲状腺功能均无可见改变。

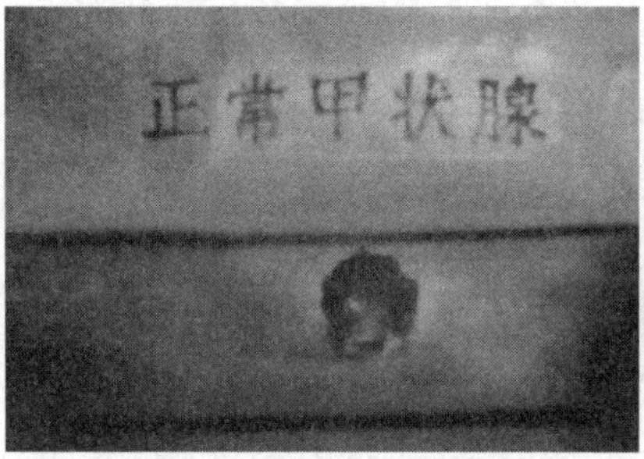

正常甲状腺

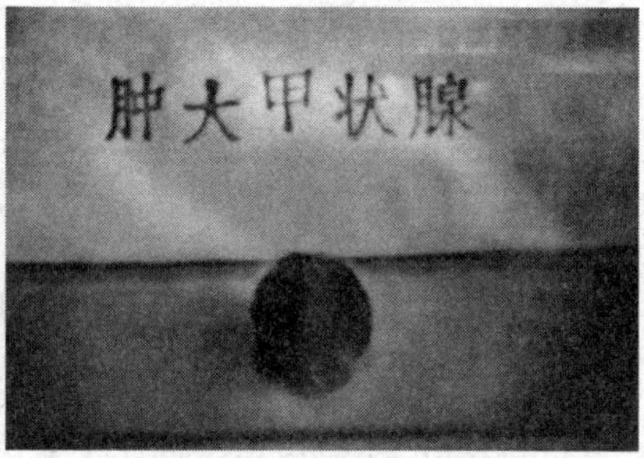

肿大甲状腺

碘代谢参数测定：随机选择克汀病患者 32 例做了血清总 T4、T3 摄取比值，18 例做了血清总 T3 及 TSH 浓度的测定。测定的结果虽然都在正常范围内，但血清 T4 值是偏低的，而血清 T3 及 TSH 都在正常高界上。T3/T4 比值范围明显低于文献报道的正常范围。

对26例克汀病患者做了吸碘率测试。未曾治疗26例克汀病人吸碘率与当地正常人无差别，但与城里的正常人相比，均明显偏低。

心电图检查：对77例克汀病患者描绘了心电图。其中男患43名，女患34名，混合型1名，其余均为神经性患者。77例患者中，有心电图改变者占57.2%。主要为窦性心律不齐，其次是低电压。心电图改变与病情一致，病情越重，心电图改变越明显。

用琼脂板双向扩散法检查了血清抗甲状腺球蛋白抗体，36例均为阴性。

对40例克汀病患者进行了骨骼X线检查，结果有20人骨龄发育存在不同程度的迟缓，约晚于正常人3~5年；有髋关节13人、膝关节9人、腕关节18人骨骺发育不全；在骨骺发育不良者中，股骨颈增粗者17人，股骨内翻者9人。此外，还有部分患者出现临床钙化带致密增宽或呈波纹状；长骨端皮质增厚，髓腔轻度狭窄，指骨、脚骨骨端膨大变化。

同时，他们还对病区的动物进行了地甲病的检查。他们用形态学的方法观察了轻、重病区的17只狗、13只猫的甲状腺。观察的结果证明，重病区狗的地甲肿患病率为50%、猫为40%，轻病区为28.6%，其患病率与当地人的患病率基本相似。

得到详细的检查和测定的数据之后，李健群教授认为：集贤大队为地甲病的重病区、老病区，地方性克汀病的患病率为11.04%，与国内其他地区相比是偏高的，而且患者的年龄多在30岁左右，尤其是青少年占比很大。5岁以内儿童也有几名，这说明新的患者还在继续增加。因此，对地方性克汀病的病因学、发病学应做深入的研究，并必须采取积极的防治措施，控制本病的发生。

他们还总结了集贤地区地方性克汀病的临床特点，以及对地方性克汀病病因的探讨，这里就不一一赘述了。总而言之，他们得出了一个结论，那就是外部环境缺碘是当地克汀病大面积发病的主要原因。

为了证实他们的这一结论，李健群教授带领他的小组以及相关学术单位深入集贤大队，进行了同地方性甲状腺肿和地方性克汀病多角度、多层面的调查研究。除了《集贤大队地方性甲状腺肿和克汀病调查》外，他们还通过调查研究，发表了《集贤地区地方病甲状腺肿和地方性克汀病的流行病学分析》《一个地方性甲状腺肿及克汀病重病区的碘代谢调查》《地方性克汀病的遗传学研究》《地方性甲状腺肿病区部分动物甲状腺病理形态学观察》《30例儿童神经型克汀病血清铜、锌的测定分析》《地方性克汀病的病理形态学观察》《地方性克汀病的超微结构研究》《于地甲病重病区饲养九个月大鼠甲状腺的形态学改变》《人胚脑细胞进行二倍体培养的阶段性总结》《集贤地区地方性甲状腺肿和地方性克汀病的流行病学的深入研究》《集贤地区地方性甲状腺和地方性克汀病防治研究的三个总结》《地甲病重病区——集贤村防治人群碘代谢再次调查》《胚胎不同时期补碘对儿童动作和语言发育的影响》等报告与学术论文。

李健群教授

由此可见，李健群教授和他的小组，以及相关的医学、科研人员花费了多少心血与汗水。村里人告诉笔者，李健群教授是他们集贤村的贵人。他为了彻底地弄清集贤村地甲病和克汀病发病的机理和原因，以及彻底根治的基本措施，那段时间，一个年逾花甲的老人几乎常年住在村里，几乎是挨家挨户地走访调查。别说是那些思维正常的人们，就算智力有了一些障碍的上了点儿年岁的人也都记得那位慈祥的长者。

李健群教授以大量的科研实践与学术成果提出中肯的建议——改水！

二

但许振忠上任之初就已经意识到，要解决集贤村的地甲病除了改变水质，没有第二条路可走。

改水？怎么个改法？

许振忠在一遍遍到县里各部门反映情况并寻求帮助时，东奔西走，四处请求，好不容易弄回来9000元。

他要打井。

他要打一口深井！

在20世纪70年代，9000元简直就是个天文数字！

回到村里，他和村两委的干部们学了“化缘”的经过，干部们一个个兴奋得跟个孩子似的，那一向阴沉的脸上堆满了难得一见的笑容。于是，他们紧接着就是选址、开工。

村民们听说村里要打口深井，个个奔走相告。

还有不少村民们知道了打井的消息，老早就守在那儿，仿佛那深水井一会儿就能打成、储水似的。

一位家里三个患有克汀病孩子的母亲一边擦着泪水，一边说："这要是早些年能打口深水井，那就好了，我们家就不会……"

谁说又不是呢?

有了奔头，当然就有了劲头。

几乎是起大早、贪大黑，几经周折，深水井终于以 100 米的深度打成了。然而，那 9000 元也一分不剩地填进了那口寄予着全村人殷切希望的井眼里。

谁都清楚，井从打出来到出水，还有相当长的一段时间。

水泵、电机，还有相关的配套措施……

许振忠估摸，再有 9000 元钱，恐怕也不够。

此前，会计出身的他曾做过预算，9000 元，缺也缺不了多少。没想到，由于地质层及其他原因，9000 元只买了个黑咕隆咚的窟窿!

到现在，回忆起当时的情况，许振忠依旧百感交集。他说：那个时候，他已经再也没有勇气踏进任何一个上级部门的门槛儿了。他深深地感觉到，那些他去过无数次的部门实在不愿再看到他的身影了。后来，一见到他，就带着一种轻蔑的讪笑讥讽他。"傻子屯"是有傻子，而且不止一个，可他许振忠不傻。

他实在没法再去面对他们，更无法再去"化缘"了。

深水井打完了。

打完了就算打完了，没有能力接上后续的工程，只好封上了井口。

这无疑是许振忠的无奈，当然也是"傻子屯"的无奈!

封井的那一夜，有人看见，一个黑乎乎的人影矗立在井口边，一直到东方天际露出了惨淡的鱼肚白。

他们猜测，那人除了许振忠，绝不会是别人。

是的，那人就是许振忠。

他坐在湿乎乎的沙土堆上，心里空落落的。他中午饭没吃，是因为深水井就要打完了，他要把好最后一关，不能让事情功亏一篑。再说，接下来的事情怎么做，他心里一点谱儿都没有，就算有山珍海味摆在那儿，他也没法儿下咽。看着人们在封井口，他紧紧地咬着嘴唇儿，就是不好当着人们的面流泪，否则，他真的会号啕大哭！哪儿还有心思吃饭。

打那儿之后，许振忠就像得了一场大病，只觉得浑身上下软软的，没有一点儿力气。见着人，也不像从前那样愿意说话了。

用振忠自己的话说，好长时间他才缓过劲儿来。

功夫不负有心人，三年后，1978年，经省里的迟学志处长竭诚努力，省委，直至中央都了解了桦川县苏家店公社集贤大队的基本情况，并纷纷作出批示。

家家户户接通自来水

1979 年，集贤村在各级政府的重视下进行了改水打井，饮用自来水

有了上级的支持，集贤村开始打第二眼深水井。

这眼井打得十分的顺利，没用多长时间就打完了。接下来，许振忠就张罗着为全村家家户户接通自来水管道。

即便再不聪明的人都知道，接上自来水，村子里的病根儿就算挖走了。更何况，还有那些整天为了子女忧心忡忡的心智健全的人们。为了能吃上深井水，九牛爬坡，个个出力。有的人向许振忠表示，为了铺设管道，他们宁可不要工分，甘愿出义务工。

1979 年 9 月 8 日，集贤村的家家户户都接通了自来水，人们为了永远不会忘记这个日子，一致拥护把这个日子定为“改水节”。

许振忠拟了一副对联，写在高高的水塔上：感谢党赐甘露水，病乡枯木喜逢春。

许振忠说，那天，有不少人家打开自家的自来水龙头，清澈的深井水喷涌而出，他们都激动得跳了起来。一位视力模糊的中年妇女，恍恍惚惚看见接了满缸的水，高兴得不知怎样才好，竟然舀了满满一瓢，泼向了自己的丈夫。

还有一个患有克汀病的年轻人，他基本什么都不太懂得，可奇怪的是，自来水来水的那天，他嘴里一个劲儿地说着："好，好……"而后，接了满满的一舀子水，全都喝了下去。之后，他拍着自己鼓鼓的肚子，笑起来没完没了。

三

如果说，改水能够解决后来者不再被地甲病和克汀病继续纠缠的话，那么，已经患上地甲病和克汀病的人该如何改变他们的生活状态，是摆在许振忠面前的又一个严峻的课题。

在集贤村住了这么久，许振忠遇到了自己也说不清多少次让他哭笑不得的事情。

一次，他路过"四大名旦"之一的"大美人"家门前，老远就看见那儿站着一个人。待到他走到跟前，竟然是号称"大美人"的孙亚范。

当时，"大美人"看见有人过来，笑嘻嘻地摆了摆手，然后冲着自己的胸脯拍了拍。许振忠没明白她的手势到底是什么意思，赶紧加快了脚步，头也不回地走了。走出老远，他回头看见，"大美人"依旧站在那儿，时不时地抬起胳膊朝着前方摆动。

他心里骤然生出一股深深的悲哀和伤痛。

还有一次，许振忠从家里出来，要去大队部安排点事儿，然后去公社开会。当他走到村中的大道时，看见“宝贝儿”李宝玉正在逗弄一头老牛。

许振忠害怕李宝玉被那头老牛顶着、踢着，就示意他离那老牛远点儿。也不知李宝玉听没听明白，就站那儿冲许振忠“嘿嘿”笑着。笑着笑着，突然没声儿了。许振忠怎么也没想到，李宝玉会弯下腰，从地上抠起一坨热乎乎的牛粪，糊在他的裤子上。

许振忠无奈地吸了口气，又摇了摇头。

还有一回，到了年根儿底下，许振忠知道后院老王家困难，一家人也没有一个精明的，根本就没有年节的概念。他觉得他们家实在是可怜，就跟爱人商量，收拾点儿过年的嚼果，装在一个玻璃丝袋子里，给他们家送过去。可他怎么也没想到，当他把玻璃丝袋子放在他家炕上时，他家的老太婆居然提着袋子扔出了房门。许振忠问她为什么，那老太婆气愤地说：“我知道你没安好心，想骗我们家钱！”

许振忠还能说什么呢？他捡回那个袋子，悄悄地放在她家的灶台上。

怎么能让那些克汀病患者多多少少能明白一些正常人应该明白的事理呢？哪怕智商能够达到一般儿童的水平也会比目前要好得多。

许振忠为此陷入了深深的思绪中。

他琢磨着如何把那些智障孩子组织起来，慢慢地训练他们，一定会收到一些成效的。于是，在村支委会上，许振忠提出了“兴办育智班，训练那些痴傻的孩子，就算是块冰冷的石头，也要用党和政府慈母般的温暖捂热”的建议，得到了与会党员的一致赞成。

村委会腾出了三间房屋，又置办了40套单人桌椅，热心的村民还捐献了暖水瓶和茶缸等用品。

1979年8月15日，全国独创的“傻子学校”开班了。

那个时候，全村共有克汀病患者 145 人，从 20 周岁以下的 83 人里选出 9~14 岁轻度智障者共 32 人入班学习。

教室有了，学生有了，那么老师呢？

许振忠犯难了。

他找到了几个在他看来适合当这个育智班老师的人，结果大家都不愿意来。大家心里都清楚，教那些不懂人事的孩子，存在的问题和困难实在是太多了。

许振忠无奈，只好找到自家的人。

他开始动员自己的女儿许云凤。

女儿太懂得自己的父亲了。她知道，只要父亲跟她说的事情，她答应也得答应、不答应也得答应。因此，晚答应不如早答应。

许振忠的话刚一出口，女儿几乎连想都没想，就一口答应了。

在育智班工作了几天之后，许云凤再也受不了了。那些半傻不傻的孩子哪里听她的啊，你说往东，他们偏要往西。不仅不受约束，还说来就来、说走就走。而且个个粗野、顽劣，打架下死手，拉都拉不开。有的不会洗脸，有的不会梳头，有的不会系鞋带，上厕所也不分男女。那还不算，有时候大小便就在教室里，旁若无人地脱下裤子就地解决。弄得教室里臭气熏天。无奈的许云凤只好给他们收拾。原本喜欢干净的姑娘，面对着这样一帮无知无畏的孩子，她如何受得了？

给那些比她个子还高的半大小子擦屁股、洗裤子、刷鞋子，她心里委屈，好几天都吃不下饭。在班上，她还得强忍着，装出一副笑脸。回到家里，一头扎进母亲怀里放声痛哭。

许振忠了解了育智班的情况，一边安慰着女儿，一边动员佳木斯师范学校毕业的老伴儿宁桂珍也到育智班去，请她和女儿一起，照顾那些孩子。

当时，作为公办教师的老伴儿宁桂珍一听，顿时火冒三丈：当了个破支书，家里什么光都借不上不说，一天到晚连个人影儿都看不着！

1980 年，教师宁桂珍教智障学生读“感谢共产党救了我们”

这回可好，搭上了女儿，还得搭上老婆！说完，就抱着女儿，两人一起打哭起来。

老伴儿宁桂珍哭是哭、闹是闹，终究还是到育智班去了。

1980 年，教师许云凤同志教育智班聋哑学生学哑语

不愧是专业的师范院校毕业，宁桂珍还真是很会教孩子。一开始，她自己动手编教材，内容比幼儿园教材稍微层次多了一些。后来，个别课程采用聋哑学校和幼儿班课程，开设了语言课、生活知识课、走路课、劳动课、文化课、安全课、礼貌课等。

经过一段时间的实践，宁桂珍母女俩发现这些儿童虽然智力障碍，但也分得清好坏，也有一定不同程度上的自尊心。刚开办时，借助于上级拨付的一笔款项，买些糖果、饼干等食物，定期发放。靠食物吸引他们，启发他们思考问题。为配合教学，县图书馆送来 1000 余册连环画和带图案的书籍，给他们看。领他们搞活动、做游戏，增强他们的学习兴趣，稳定他们的日常情绪。同时，施以形象教学法、因人施教法、启发思考法、保持情趣法、多表扬少批评法、发挥长处法等，把育智班的教学活动逐步推向正轨。

1980 年，教师宁桂珍与许云凤，母女二人在精心研制育智班的教学方案

在教学活动中，宁桂珍母女俩着重考虑要让学生们过好“三关”：语言关、书写关和记忆关。

严把这三关之后，教学取得了一定的成绩。

澳大利亚营养学博士赫特泽来访，专门看了育智班。他亲自给学生栾合文出了道数学题。在他看来，这个智力障碍的学生绝不会作出答案。然而，栾合文稍加思考，就工工整整地写出得数。接着，赫特泽博士又考查其他方面的教学，栾合文都答上来了。赫特泽博士非常感动，不仅眼睛都湿润起来，还连连说：“你们的工作很精彩，我要把你们的做法推荐给‘第三世界’的国家！”

言语不清的齐淑莲，现在不仅会写500个汉字，还能够清晰地读出“感谢党的好领导”等语句。就连原来说话不连贯的史发、一丝不挂的陈庆福等那些不能坚持听课的人，现在也能写出十几个汉字，还能唱几句《学习雷锋好榜样》了。

1985年，翻译向赫特泽介绍李德生司令员亲临集贤村视察情况

经过一段时间的学习，这些孩子不仅懂了礼貌，还懂得助人为乐、帮助别人了。他们看到孤儿张殿峰家缺少生活用品，就主动从家里拿来笤帚、青菜、大酱等送给他。

在教学过程中，宁桂珍母女还采取“四个适当”的教育方法，即适当的学习、适当的锻炼、适当的劳动、适当的治疗。

通过几年的教育和学习，这些痴傻孩子的智力有了很大的提高，体质增强了，走路不稳当的也稳当了许多。大部分都掌握了生活常识，生活自理能力也没什么问题了。有的已经学会了普通学校一、二年级儿童应该掌握的知识，能做四位数的加减法、三位数的乘除法，能认写 2000 个左右的汉字。

17 岁的栾合文，经过两年的学习训练，一改原来听力极差、语言不清、性情粗野、反应迟钝等现象，可认写 1500 个汉字，可画简单的图画，并于 1982 年转入县聋哑学校，继续学习。

17 岁的女孩吕春波，原本记忆力极差，总哭，不懂事，没有纪律性，步态不稳，讲话也不清楚。经过学习，已能认写 1200 个汉字，能做三位数加减法和两位数乘除法。走路稳了，吐字清楚了，也懂得讲礼貌了。

同样 17 岁的女孩陈秀英，轻度耳聋，面带傻相，发音不清晰，走路不稳，智力特别低下。入学后，进步很快。1980 年，经过文化考核，进入正规普通小学学习，1986 年 7 月考入苏家店中学。

就是这样，靠着宁桂珍和许云凤娘俩儿的信心、耐心、精心、热心和恒心，终于把石头捂热了，把铁树浇开了花。

据统计，自 1979 年 8 月至 1987 年 4 月，9 年里，共有 78 人参加了学习，占 20 周岁以下呆傻儿童的 91%。已有 36 人被转送到普通小学就学，接受儿童的相等教育。有 34 人由于年龄较大，生活已经能够自理，并分别在涂料厂、制瓶

工人史振奎，过去患地甲病，现已参加砖厂生产

厂、砖厂、树脂板厂等企业工作，成为能够从事简单劳动的自食其力者。

李健群和庆余撰写的《集贤地区地方甲状腺肿和地方性克汀病防治研究三年总结》中关于育智班的效果写道：

1979 年 8 月开办“育智班”，对 32 名中、轻型地方克汀病患儿（7~14 岁）进行训练与药物相结合的治疗。经三年学习观察，有较明显成果。

1. 体格发育

经两年多服用甲状腺素片和训练之后，身长平均增长 14 厘米。生长速度与我国同龄儿童基本相同。

2. 智力变化

抽象能力经训练后有明显提高。

笔算能力有显著提高。

入班前仅有 17% 曾在小学跟过班的孩子识简单、少量文字。经训练后都能识字并书写。60% 的儿童达到十年制教材第一册水平。

3. 语言，听力及运动障碍的变化

经三年手势、发音、听力训练，语言机听力状况都有不同程度改善。

1979 年检查时，有 10 人步态明显不稳，经三年综合治疗后，现仅有 3 人步态轻度不稳。X 线骨片复查结果表明，这些儿童的骨发育基本上已与正常儿童骨发育速度相一致。

该文中还写道：

对年龄较小的克汀病患者，办“育智班”进行训练和用甲状腺素片等治疗方法，使病情明显好转，疗效显著，完全可以使部分病人达到自食其力的劳动者。这种方法应提倡和推广。目前我省龙江县、林口县、拜泉县、望奎县、五常县（现五常市）等一些重病区已经开办或正在筹办类似的训练班。

邹继源等四位专家在《“育智班”三年疗效观察》一文中写道：

地方性克汀病的大脑及神经系统胚胎期发育不全所引起的智力、听力、语言等障碍在三岁以后单纯用药物治疗很难得到改善，然而提高病儿智力水平则属本病治疗的关键。我们所采用的育智班治疗法对开发病儿智力和语言能力等做了初步试验。

本期治疗截至目前共三年。治疗前后落物试验、记忆广度、实物再现、数学运算、识字能力等变化很大，经统计学处理，均有显著差异，说明智力有明显改善，智力障碍经过上述综合治疗得到了不同程度的回复。

以办育智班的形式，多中、轻度神经型地方性克汀病患儿进行综合治疗，育智班以训练教育为主体，适当治疗、适当学习、适当劳动、适当休息，这在国内是一个较新的尝试，坚持三年取得显著疗效尚属首例。我们认为在我国低能教育尚未形成体系或未广泛开展之前，在克汀病患者比较集中的重病区，这是一种治疗病患儿童较好的方式，值得提倡与推广，使其大部分中、轻度克汀病患儿成为基本上能够自食其力的劳动者。

专家们的结论也足以证明许振忠当年开办育智班是一种既明智又

科学的选择。就是他这一选择改变了那么多病患儿童的命运，也成就了他们的前途。

育智班的教师许云凤根据自己多年的摸索，以及积累的教学经验，撰写出《从形象思维入手，提高低能儿的智能》的论文。在1985年3月召开的全国思维科学第二届专题研讨会上宣读，引起强烈反响，此后，该论文被刊登在《思维科学》杂志当年的第4期上。此项科研成果还被黑龙江省第三届社会科学优秀成果评选会评为三等奖。许云凤还被纳入黑龙江省社会科学研究会会员。

育智班的成果受到了世人的瞩目，众多媒体相继作了报道。一位合众国际社的记者访问集贤村后报道说："集贤村向医学挑战，是一个奇迹。"

如今，育智班早已随着集贤村病根儿的剔除，成了一段难以忘怀的历史。尽管，在集贤村的历史上，那只是一段不太长的岁月，然而，对于改变集贤村人们的精神和生活面貌，却起到了至关重要的作用。应该说，这也是集贤村的"傻子头"许振忠独有的发明与创造。

四

许振忠清楚地记得，那是1981年的5月2日，时任中共中央政治局委员、中央地方病防治领导小组组长、沈阳军区司令员李德生同志到集贤村视察地方病防治情况。

许振忠觉得自己当了10年村支部书记，带领着村两委会的人愣是把贫病交加的集贤村从地平线下拉到了地平线上，已经累得筋疲力尽了。尤其看到妻子女儿为了育智班几乎把整个身心全部投放到那几十个痴傻儿童身上，自己也没有半点儿精力照顾家里的事情，其余的孩子尚且年幼，整个家早已不像个家的样子了。因此，作为一个父亲和老公的角色，许振忠觉得自己应该停下来歇歇脚，休息休息，回归家庭了。

那段时间，他仿佛有着许多的心事，整天低着头，一趟趟从村东头走到村西头……

李德生的到来，彻底改变了许振忠的想法。

那年劳动节的头两天，许振忠就接到了通知，说李德生同志要来视察。得到消息后，村两委会的干部一下子就紧张起来。他们都非常清楚，集贤村打井改水，使得他们的状况有了根本上的转机，是由于得到了李德生同志的大力支持。这会儿，李德生同志要亲自到村子里来视察，无论如何也得好好准备准备。至少应该和县里、公社领导沟通一下，看看应该做哪些工作。

村干部怎么也想不明白，许振忠为什么和往常一样，像个没事儿人似的。有人提醒他，他只是笑一笑，轻描淡写地说：“有什么好准备的，就这样，用不着装模作样，该怎么回事儿就怎么回事儿！”

李德生同志到来那天，许振忠也没有理会省里、县里前来陪同的诸多领导和工作人员聚焦在他身上的目光，就像唠家常似的，把集贤村的情况既简要又全面地向李德生同志作了汇报。

李德生仔细地查看了村里各个方面的情况，尤其是改水治病、治愚等项工作。临别之前，李德生深有感触地拉着许振忠的手说：“振忠同志，你有功了！你要努力好好干，挖了病根挖穷根，挖了穷根扎富根！扎了富根我再来看你们！”

许振忠还有理由不干呢？

李德生走后那天夜里，很晚了，许振忠依然没有半点儿睡意。

5月初的大东北，仍然笼罩在一片寒意之中。缀着鹅黄色嫩叶的柳丝在晚风中轻轻地摇曳着，刚刚绽放的几株山杏吐露着淡淡的幽香。许振忠踌躇在村前的小道上，不由自主地回忆着那些刻骨铭心的往事。

那早早就失去父爱的童年，那寄人篱下的日子……像一只小小的扁舟，被岁月的河流或舒缓或湍急地载向一个个未知的去处。他似乎看到了一处处险滩、一道道悬崖，抑或一望无际的夜色中那闪烁的点点星光。如今，已近不惑之年的他，自己把自己推进了一片布满荆棘的沼泽地里，没有任何可退之路，前行却又那样的艰难。究竟何去何从，许振忠已陷入深深的两难之中。

“挖了病根挖穷根，挖了穷根扎富根。扎了富根我再来看你们！”许振忠的耳边总是回想起李德生亲切的话语。还有就是母亲平生说给他最多的话：“孩子，一定要记住，做人得有良心，做什么事千万不能丧了良心啊！”

是啊，他从一个孤苦的孩子成长为一个光荣的中国共产党党员，应该对组织和国家存有一颗感恩的心，不然，真的就对不起自己的良心。而且面对李德生这样的国家领导人真诚地托付，他又如何退缩！

支撑起中华民族伟大人格的不仅仅是道德和法律，还有良心！

他仿佛骤然间从那片沼泽中挣扎出来，抖落掉沾满衣衫的泥水，毅然决然地挺直了脊梁。他长长地呼了口气，好像只有这样，才能把积郁在心底的闷气吐出去。

他不再犹豫，不再彷徨。

第五章　挖穷根，真男儿肩挑日月播雨耕云

一

都说许振忠是个顶天立地的汉子，一点儿都不错。从不认输，就是他的品性和他人生的最高准则。

他要是认准了的事，就算九头牛也拉不回来。

怎么才能让集贤村富裕起来，是他连做梦都避不开的主题。

回到家里，他端起饭碗，匆匆忙忙地扒上几口，突然间想起了什么，扔下饭碗，头也不回地就走了。

很晚才回到家里，他自己也巴不得赶快睡上一觉。可刚刚躺下，又折腾起来，打开那盏昏黄的台灯，掏出小本子，在那上面记着什么。

还有的时候，家里人已经听见了他的脚步声，等了好半天还不见他的人影。出去一看，原来他被村上的人找走了……

一天，眼角掩饰不住的笑意出卖了他。

妻子仔细地端详了好一会儿，问："是不是有什么好事？"

他抬起头，很是诧异地回问道："好事？什么好事？"

“你的事我怎么知道！”妻子不打算再问他了。她太了解他了，他不想说的事情，谁也问不出来。

不过，这次，他还真就破了例，他抿了抿嘴唇儿，说：“我是为村里事犯愁啊！这么大个村子，就光指着这点土地过日子，就算赶上好时候，能填饱肚子，可也无法富裕啊。万一再赶上个天灾，不是旱，就是涝，那全村的老百姓拿什么活？今天上午，我去苏家店办事儿，快到地方了，碰上辆胶皮大车。眼瞅着大车就要从我身边过去了，突然听见有人喊我。我扭头一看，是前屯子老孟家的二小子。那小子出息了，我差点儿没认出来。我问他干什么去了，他说去买红砖。我一看，真是满满的一车红砖。接着他跟我说，这车红砖是老早就交了定钱的，直到今天，才拉回来。”

许振忠顿了顿，接着说：“有句老话叫‘说者无心，听者有意’。当时我也没想什么，可走远后，我突然冒出个想法，既然红砖这么抢手，为什么不办个砖厂呢？”

从苏家店回来之前，他还专门到他们那砖厂看了看，确实像老孟家二小子说得那样——红火！

妻子宁桂珍这会儿明白了，丈夫就是为了这事儿脸上浮现了少有的笑模样。

许振忠从苏家店回来，心里就一直盘算着，刚好村外还有一块坑洼不平的地块，在那儿建砖厂是再好不过了。

当天，许振忠就把村两委的干部召集到一起，说明了自己的想法。

但他怎么也没有想到，到会的人几乎全票否定。他们的理由是小小的集贤村经历过打井、办育智班，已经折腾得够呛了，要不是有上级的支持，早就撑不下去了。现如今，还是消停地维持着吧。万一维持不下去，上级还能帮衬一下。再搞动作，万一没成，领导不管了，没必要。

许振忠要建砖厂的消息不胫而走，整个集贤村没有几个赞成的。许振忠知道，问题的关键就是村里没钱，要是到处借钱、找关系，会影响村民们的生活质量。本来就很穷的村民，已经穷怕了。好不容易能够填饱肚子，捎带着还有点儿零花钱，就很知足了。谁知道建砖厂是好是坏呢？没有人愿意赌。

有人听到信儿，信誓旦旦地说："不信你们看着，许书记要是能把砖厂鼓捣好，我倒着爬出集贤村！"

村里的会计李秀发背地里劝许振忠："100人有99人都说不行，许书记，你就别坚持了！"

许振忠笑着说："100人99个说不行，那不还剩下一个呢吗？"

李秀发说："剩下的那个就是你自己啊！"

许振忠说："要算上你，不就两个了吗？"

倔强的许振忠看准了的事情，他就一定要坚持到底。

没有资金，许振忠就动员大家一起向亲友去借；没有懂技术的人，他们就三顾茅庐地上门去请……

砌窑需要许多红砖，许振忠亲自跑到苏家店，到公社的砖厂去赊。大家见他们的书记真的下了决心，并且事必躬亲地带头干，也都铆足了力气。在挖地基时，妇女队长佘淑珍一脚踩空了，整条腿的裤子都湿透了。许振忠见状，劝她赶紧回去换换衣服，不用再来了。可没多大一会儿，佘淑珍换完裤子，就又跑了回来。

砖窑需要一根大烟囱，按要求必须在30米以上。负责砌烟囱的叫杨振河，是许振忠姑舅大姨子的孩子。大姨姐听说儿子要砌一根30

多米高的烟囱，在家里急得直哭。她琢磨着，那么高的烟囱，砌到顶上要是掉下来，不得摔扁了啊！于是，她就叫人一遍遍去找许振忠，让他不要安排自己的孩子砌烟囱。

许振忠知道，大姨姐的担心也不是没有道理，就亲自到修建烟囱的工地跟前儿，反复地强调一定要注意安全，并细心地检查防护措施。

34.8 米的大烟囱终于建起来了，像杆大旗似的立在集贤村边上，仿佛在向人们宣示着集贤村人们的决心与干劲，还有那股刺破青天的无敌力量！

刚建起来的集贤村砖厂

然而，许振忠又遇到了无法逾越的难关：因为资金的严重短缺，到了 1982 年开春，砖窑才建了一半，他们却再也没有力量继续建下去了。

可想而知，当初极力反对许振忠建砖窑的人们此刻该是一种怎样的态度。

我们也不难想像，彼时彼刻，许振忠承受着多大的压力！

那几天，许振忠嗓子哑了，嘴角也鼓起了大水泡。

许振忠心里非常清楚，着急上火是没有用的，需要的是解决办法。

病重乱投医，许振忠跑了很远的路，去到经验老到的烧窑师傅门下讨教。那位烧窑师傅告诉他，他烧了一辈子窑，就是没烧过半截窑。

许振忠悻悻地回来，围着修好的半截窑转了一圈又一圈，觉得只要把半截窑的断面砌好，点火开窑应该没有什么问题。

他向村民们表示，建砖窑是他的主张，开窑也是他的决定，如果失败了，他可以接受任何处罚。就算让他祭窑，他眉头都不会皱一下地跳进去！

许振忠不再征求别人的意见。他安排人们把半截窑面砌好，然后把早已拓出的砖胚码进窑内，开始点火！

许振忠清晰地记得，那天是 1982 年的 6 月 1 日。

也该集贤村傻人有傻福，许振忠绝路逢生，集贤村的半截砖窑居然一次性点火成功。当那根高高耸立的烟囱冒出一股浓密的黑烟时，许振忠两行热泪不禁夺眶而出，他一屁股跌坐在地上，再也没有半点儿力气支撑起来。

集贤村半截窑烧砖，成了一时的佳话，在集贤村周边神话般地传诵着。

自己的砖窑出砖了，那剩下该砌的半截砖窑很快也砌好了。到了 1982 年 7 月 1 日，一个比较现代的砖窑开始了正式生产。

许振忠在砖场忙前忙后，一只脚踩在钉有铁钉的木板上，他感觉到脚被钉子扎了，可他顾不及处置。他用另一只脚踩着木板，生生地拔下钉子，血顿时涌了出来，那只老旧的农田鞋里黏糊糊的，他却感受不到一丝疼痛。直到大烟囱冒出烟来，他才堆睡在坯垛旁。

这时，许振忠才感到整个脚钻心般的疼痛。他脱下鞋子，鞋子里的血已经凝固了，都凝成了脚丫的形状。他没有声张，只是自己弄一块废纸擦了擦，穿好鞋，一瘸一拐地又开始忙乎起来。

回忆起那个时候，许振忠说，因为没有经验，又没有专门的技术人员，不是这儿需要处理，就是那儿又出了毛病，大大小小的事情都需要他拍板儿。因此，他几乎整天在砖厂里忙碌着。砖窑一旦点火，就不能停下来，得24小时连轴转。许振忠只好顶在那儿，大多时候夜里也回不了家，困了，倚在坯垛上就睡。半夜里冷了，扯过一片草帘子盖在身上……

好不容易有了个闲下来的机会，许振忠想起来应该回家看看了。育智班那摊子事儿就够妻子和大女儿她们娘俩儿忙乎的了，家里那几个小的也不知道什么样了。

许振忠低着头推开自家的大门，一抬头，惊呆了。

早春时节乍暖还寒，外面的阳光给院子里涂上一层暖融融的感觉。尤其是窗户下面，积雪早已融化，露出一块干爽的地面。也许是阴冷的屋里不如屋外暖和，尚未懂事的小儿子和女儿拥抱着睡在那块干爽的墙根下。

任凭是钢铁心肠，也见不得这样的场面。许振忠一把搂过两个孩子，两行泪水瞬间模糊了双眼。

这个一向要强的东北汉子，心里像被扎进了一把锋利的钢刀，刹那间喷涌出来的鲜血汩汩地流淌着，流向一个身为人父最为柔弱的灵魂深处。

他安顿好两个孩子，步履蹒跚地走出家门。

窑地那儿还在等着他……

二

1982 年下半年，集贤村的砖厂仅仅用了半年的时间，就生产了 500 万块红砖，盈利 12.7 万元。到了年底结算时，所有的村民都喜笑颜开，他们的人均收入从 1981 年的 46 元猛增到 233 元。

就在人们欢欣鼓舞的时候，许振忠却乐不起来了。

就算铁打的汉子也有散架子的时候，许振忠也一样。饭，早吃晚吃，基本没个准点儿，不管好赖；觉，早睡晚睡，得哪儿睡哪儿，不在乎冷热。熟悉许振忠的人都劝他：“悠着点儿，别把命搭进去！”

许振忠听了总是淡淡一笑，说：“咱这庄稼院的人，抗造！”

就这样，转过年，许振忠终于把自己累进了医院。

1983 年 6 月，住院前，许振忠就感觉到自己身体出了问题。他不仅浑身总是没劲儿，一点儿精神都没有，两条腿还严重浮肿，一按一个坑。妻子多次劝他赶紧到医院看看，他都没听，这是实在拖不下去了，才找了个稍微有点儿空闲的时间，去县医院看看。

接诊的医生是那家医院的院长，他认识许振忠，见他都这个样子了，才来医院，实在是不理解。检查完了之后，院长要求他立即住院治疗。

许振忠十分为难地央求说：“能不能不住院，村里的砖厂实在离不开人啊！”

院长斜了许振忠一眼，说：“到底是命重要，还是砖厂重要？别砖厂砖厂的了，你知不知道，你都快钻进火葬场了！”

即便是这样说，院长也没能留下许振忠。

他又跟没事儿人似的，回到了他的集贤村。

后来，市里派医疗队到集贤村复查地甲病防治情况，见到许振忠，得知他生病了，告诉他，他这种病必须马上住院。在多人劝说下，许振忠才不情不愿地住进了佳木斯医学院附属医院。

妻子看见平日里累得筋疲力尽的他，很是心疼，总是劝他躺会儿歇歇。他的回答一贯是：躺不住。这回，他躺不住也得躺着，而且一躺就是半年！因为他初步诊断是尿毒症。

家里人看见日益消瘦的他，都偷偷地抹眼泪。但在他的面前还得装出一副笑脸，装出没事儿的样子。实际上，他们不止一次地问主治医生到底怎么样？起初，主治医生说问题不大，后来问得多了，才说了真话，告诉他们做好两手准备。

谁都知道两手准备是什么意思。

按照农村的习俗，他们给他准备好了寿衣，唯恐到时措手不及。

许振忠是何等聪明的人，从周边人们的眼神里，他看得清清楚楚，知道这次，自己是真的病得不轻。

刚好 40 岁，不惑之年！

他不是因为自己年纪尚轻感到可惜，而是他回忆起记事以来的种种经历，有了几分感慨。他觉得，在他这短短的一生中，有效的时间并没有被无端地浪费掉，而是镶嵌在最为需要的地方。是的，集贤村没有许振忠，家家报晓的雄鸡依然会在每天那个时候高声啼鸣、牧归的老牛依然会驮着那枚血色的夕阳沿着村边的小路慢悠悠地回到休憩之所。然而，人生没有那么多的时间可以追溯，也没有那么多的时间再继续，摆在未来的路上只剩下未完成的遗憾了。

到了年末，许振忠再也躺不住了，他挣扎着找到李健群教授，央求着要出院。

几年来的相处，李健群太了解面前这个倔强的东北汉子了。他要做的事情没有谁能拦得住。于是，他呼了口气，说："我理解你。你可以回去，但那支部书记不能再当了。一定要在家里静养，如果能听我的话，维持十年八年的还是有希望的。"

听了李健群的话，许振忠是百感交集。

他高兴的是，按照李健群的说法，他暂时还死不了。但从另一个角度看，弄好了，也仅仅是维持个十年八年的。

行啊，只要能回到那个生他养他的集贤村，以后的事情就先不想了。

半年，那难熬的180个日日夜夜，熬得许振忠的心田上长满了无边无际的荒草。他无力地在那荒芜的草地上开垦出属于自己的空间，播种下自己的愿望。他觉得，只有躺在那些他熟悉的、长满希望的田垄边，躺在那些痴傻儿童憨憨的笑声里，才是最踏实的。

回到家里最初的几天，妻子严厉地看管着他。她尽量挤出时间，给他弄一些有营养又可口的饭菜，也不允许他出门。

事实上，那会儿的许振忠身子弱弱的，他已经没有力气走出去了。但他感觉自己的脑子还是清醒的，不厌其烦地从前来看望他的村民那儿，搜寻着村里的消息。

就这样，躺了几天后，他还是不放心，挣扎着走出家门，去到了那个他曾经办公的地方。

这一去，就没再回过家，直接住在办公室里了。

再后来，他逐渐恢复了体力，就像没事儿人的样子，选择性地忘记了那个令人生畏的病名——尿毒症。和从前一样，该工作工作、该跑外跑外，总之，又开始了他忙前忙后的工作生活。

有一次，许振忠到佳木斯办事，顺便去看望李健群教授和那几位住院处病房的医生护士。当他们见到许振忠时，几乎是目瞪口呆：人世间到底有几个许振忠？

前几天，他们从报纸上看到了集贤村和许振忠的报道，还以为是记者们报道有误呢，没承想，这会儿真人就站在他们的面前！

许振忠从医院回到村里，遇到的头一件大事就是土地的联产承包。

按照当时的政策，就是把土地承包给个人，再组织几户联合在一起耕种。实际上，也就是包产到户。联产承包没有严格的时间限制，成熟一乡运作一乡、成熟一村运作一村。

许振忠在医院的时候就已经听说了，加上他经常看报纸、听广播，基本了解了当时的形势。但在他看来，集贤村不太适合这样的土地政策，原因是集贤村不同于其他村子，没有能力或根本就不会经营土地的户数太多，真要把土地承包给他们，就等于那份土地撂荒了，反倒给村委会增加负担。因此，许振忠坚持，像他们这样比较特殊的村子，更适合集体经济的运行。这样，那些病弱群体会更直接地得到集体的照顾。

人民公社已经更改为乡镇体制的镇领导感觉许振忠说得有些道理，便汇报到县委，县委领导没有具体表态。就这样，集贤村的联产承包一直推迟了两年之久。

此前，许振忠住院的时候，镇上的领导曾经深入集贤村，征求过广大村干部和村民的意见，大家一致表示，他们的支部书记正在医院呢，等他回来再定，他说分就分、他说不分就不分。

到现在，许振忠仍然坚持他的观点：凡事总得因地制宜、因人制宜，绝不能一刀切！

事实确是如此，就在许振忠坚持集体经济的时段里，集贤村又有了大动作。

三

集贤村得到了省市乃至于中央领导及有关部门的关注和支持，据《集贤村大事记》记载：

1984 年春，黑龙江省省长陈雷同志视察集贤村。

1984 年夏，黑龙江省委书记李力安同志视察集贤村。

1984 年夏，中央地病办及省市专家教授视察集贤村病情。

1984 年夏，澳大利亚人类营养学研究所所长赫特泽夫妇访问集贤村。

1985 年夏，印度考兹皮拉教授和潘道夫博士受国际儿童基金会委托来集贤村考察地方病防治情况。

1985 年冬，黑龙江省副省长靖伯文同志视察集贤村。

1985 年冬，黑龙江省卫生厅副厅长王崇同志视察集贤村地方病情况。

1986 年 6 月，北京科教电影制片厂在集贤村拍摄防治地甲病影片《集贤村的故事》。

1986 年 6 月，联合国儿童福利基金会携摄制组来集贤村考察地方病防治情况并拍摄防治地方病影片《从集贤村说起》。

1986 年 8 月 16 日，比利时西里教授与夫人考察集贤村地甲病情况。

比利时西里教授与夫人考察集贤村地甲病情况

1989 年夏，日本高知医科大学原弘教授考察集贤村。

1989 年夏，中国地方病防治中心考察集贤村并检测病情防治。

……

许多“好心人”都劝说许振忠，就凭集贤村和他许振忠的名声，不用再费劲儿忙乎这忙乎那的，有个缺边少袖的，只要找到那些来过集贤村或相关分管的领导或部门，谁都会给个面子。再说了，只要他许振忠张回嘴，拉点儿赞助，那都是水到渠成的事情。

许振忠说：“需要求得上级支持的，他一定努力争取；不该去麻烦上级的，就得自己解决！

再说了，人不能只顾眼前，得往远了想。人家帮助你，供一饥不能供百饱，不能像讨饭似的，端只破碗到处乞讨。”

在许振忠看来，壮大集体经济是集贤村必须走的路。尤其是党的改革开放以来的政策，十分有利于乡镇企业的发展。村砖厂不就是最好的例子嘛！

可以说，要是有半点儿畏难的情绪，今天的砖厂就不复存在了。有建砖厂积累的经验和勇气，就肯定会有第二个、第三个，乃至于更多的企业在集贤村兴办起来。

许振忠带着病弱之躯，在反复地思谋着集贤村后续的发展事宜。

经过了多方考察，1986 年，在许振忠的主持下，投资 100 万元，建成了包装器械厂，也就是玻璃制品厂。1989 年，又兴建了集贤村酿酒厂。

许振忠和同事在包装器材厂门前合影

酿酒厂一经建成，许振忠就看到了巨大商机。

在天宽地广的大东北，那苍茫的土地上，永远浮荡着一脉不老的豪气。那豪气支撑着倔强、爽直、朴实的品性，延续着旺盛的香火。人们都说，那是东北的老白干养育和滋润出来的种族。谁都会看见，一碗酒下肚，那东北汉子甩下热汗溻透的衣衫，露出古铜色的胸膛，就算那会儿天塌下来，他们连眉头也不会皱一下。

许振忠也喝酒，但绝不是那种嗜酒如命的人，他深深地理解酒文化的内涵，更了解这块土地上的人们对于好酒的需求。

在建酒厂之前，他也曾征求方方面面的意见。大家都说，大大小小的酒厂在我们的周围比比皆是，不说别的，就说农垦总局的北大荒白酒吧，就已经够有名的了，但也没有预想中那样的火。再说了，村里建酒厂，也就是小打小闹的小作坊，能整出什么大名堂？

许振忠可不像他们那样想的。在他看来，只要原料好、技术好，总会把那些只靠勾兑弄出来的酒比下去。酒香不怕巷子深，就看你的酒是不是好货！

果然不出许振忠所料，集贤村的酒没用多久就出名了。

许振忠接连不断地到工商局注册“傻子白”“傻子王”“傻妹”“感情酒”等商标。

“天下第一傻，就是不掺假”，许振忠亲自拟定的宣传用语不仅用大字写在酒厂的墙上，甚至印在酒瓶的商标下面。

会喝酒的人，尤其是黑龙江东片儿的，几乎没有人不知道这句话。直至现在，有人仍然在酒酣耳热的时候，开着玩笑地说：“来，干了！”

“干什么干？你是‘天下第一傻’啊？”

“傻不傻我不知道，但咱喝酒实在，‘就是不掺假’！”

许振忠说，那个时候到厂里来买酒的人用络绎不绝来形容都觉得不够劲儿。有的认识许振忠的人老早就跟他打招呼："许书记，我可先跟你说了，过几天去你那儿拉酒，别让我空着手回来啊！"

还有的到酒厂买酒，酒厂的销售人员告诉他，今天的酒卖没了，能不能明天再来？

买酒的人不高兴了："我都空车跑了两回了，怎么的，是不是怕不给钱啊？那好，我去找你们许书记！"

集贤村的酒出名了，走进黑龙江东部千八百里的城市，不论饭店大小，几乎都能看见各种样式包装的集贤村酒，都能闻到集贤村酒独特的味道。

有人说，许振忠就是个神人。早在三年前就建了一家玻璃制品厂，那是未雨绸缪，是有准备的。这不，三年后派上用场了。

工人们在玻璃制品厂内工作

确实，他那玻璃制品厂光是生产各种各样的酒瓶子，就已经是满负荷生产了。再说了，自己家的瓶子装自己家的酒，想怎么弄就怎么弄，极为方便。

后来，随着集贤村的酒越做越大，酿酒厂引入了承包人，并实行股份制承包经营。到后来，居然兼并了地方国营的桦川县白酒厂，并在国家工商总局备案、在国家商标局注册了“天下第一傻”。

谁也没想到，一个小小的集贤村竟然被一杯热辣辣的白酒浇出了大大的名气。

许振忠带领两委会全部人员，心往一处想、劲儿往一处使，事业越做越大、越做越强。

由于村办企业越来越多，1995 年成立组建了桦川县集贤村企业总公司，1996 年更名为傻邦集团公司。集团公司下属企业有大成联合酒业、傻子企业供销公司，“天下第一傻”矿泉水有限公司、集贤村建材厂、集贤村玻璃制品厂等 6 户企业。

公司主要从事“傻子”系列白酒、矿泉水、红砖等生产营销，共有员工 500 名。其中大成联合酒业是公司的骨干企业之一，年生产中低档“傻子”白酒 500 吨以上。

“傻子”白酒

这个酒业公司建厂当年投资不足5万元，经过3年的发展，到1993年壮大为产值2000万元、固定资产超过1000万元、利税300万元的大型规模化企业。企业拥有员工300多人，下设三个分厂，鼎盛时期兼并县国营酒厂，“傻子白酒”“感情酒”“傻妹酒”“傻子王”等20多种产品远销全国各地。

由于“傻子白酒”的名气越来越大，加上许振忠的为人和干事创业的能力，吸引了佳木斯人民广播电台记者庞德江，他主动辞去干部身份，申请到集贤村当起了农民，担任酒厂副厂长，号称“傻邦集团副帮主”，这件事当时登上了《黑龙江日报》头条，标题是《砸烂铁饭碗　端起泥饭碗　庞德江不当记者当农民》，一时间庞德江成了闻名遐迩的新闻人物，轰动全省。由此可见，当时的许振忠影响力有多大，他竟然改变了一个人的人生轨迹和命运。

欢迎新农民庞德江座谈会

“天下第一傻”矿泉水有限公司始建于1993年，主要产品是饮水机的桶装矿泉水。水源地富含锶和偏硅酸，1992年经国家质检中心监测后，被认定为优质矿泉水。

就在被认定为优质矿泉水的当天，许振忠就同村两委会的干部商量，决定利用这一难得的资源，成立一家矿泉水公司。说干就干，公司注册资金50万元，并在国家商标总局进行了注册。

许振忠在傻子矿泉水开发公司门前合影

集贤村玻璃制品厂始建于1986年，前后共投资200万元，有职工160人，主要生产医用瓶、食品瓶、酒瓶等10多个品种。根据需要，1990年整改扩建，生产建筑玻璃胶。1993年增加了陶瓷车间，生产陶瓷酒具。

集贤村玻璃制品厂生产的玻璃制品

集贤村最先建立的企业就是砖厂了，后来更名为集贤村建材厂。企业以生产红砖为主，也生产陶粒环保免烧砖，年产值在350万元左右，有职工80人。

集贤村建材厂生产的主产品——红砖，曾获得1986年省级优秀产品称号。

傻邦集团公司为国为民都做出了较大贡献。据初步统计，20年来，集团为国家上缴税金1600多万元，为村民自来水供应，架设高压线、电话线，安装有线电视，发展水利，维修道路以及为老人、党员、教师、学生提供福利待遇等投入资金100多万元，20年村民增加收入累计超过300万元。

据不完全统计，截至2002年底，傻邦集团公司及下属企业全部账面资产达到了3008.5万元。

我们可想而知，这个数字的累加，是许振忠和集贤村村民们的心血和汗水！

谁说富裕没有咱集贤村的份儿?

从来就不相信命运的许振忠带领集贤村的村民们，不仅挖掉了病根，挖掉了穷根，还牢牢地扎下了富根!

四

50年前，或者更早，到过集贤村的人都不会忘记那个破破烂烂的村子模样。家家户户低矮的趴趴房，勉强能推开的房屋门，被捅出窟窿、不避风雨的窗纸，还有屋里地上干瘪的洗脸盆和看不清颜色的擦脸手巾……

想想“大美人”脸上的鼻涕和涎水，想想“单干户”那副赤身裸体连羞丑都不知道的模样，凡是还有一点儿良心的人都会生出一抹深深的悲切和怜悯之情。尤其是生于斯长于斯和许振忠一样的集贤村人，仿佛每天都在承受着痛苦的折磨和难以忍受的蹂躏与煎熬。

许振忠说，到了夜深人静的时候，他好不容易抖落掉一身的风尘与疲惫，真想静静地躺在炕上好好地睡上一觉。可当他刚刚躺进被窝，窗外忽然传来声嘶力竭的号叫。他知道那是谁家的傻小子又开始了他的夜生活。他还知道，那傻孩子的父亲已经早早地离开了这个世界，留下一个瞎了眼睛的傻老婆子，还有这个傻儿子。他曾经几次去过他们家，给他们送点儿吃的用的。每次从他家回来，都会难过好几天。那是人过的日子吗?

同样是人，来到这个世界上，应该过着大致相同的生活。但由于自身的原因，党和政府该尽的责任和义务已经尽到了，没有义务再细致地照顾到每个家庭的吃喝拉撒。

由此看来，人和人不仅仅是外在的，还有衣食住行等各个方面都存在着巨大的差异。同样，在人本体的质量上也不尽相同。

就拿“宝贝儿”李宝玉来说吧。

20岁的李宝玉在一个冬天的晚上，因为摔倒后，颈部被桌腿卡住，窒息死亡。一个20岁的小伙子，身高仅146厘米，体重只有45公斤。

我们可以想象到，如果不是痴呆、不是聋哑、不是动作迟缓呆滞，他会被一只小小的桌腿儿卡住致死吗？

以上所说的这些，只是我们能够看得到的外在缺陷，而市地甲病研究室尸检的报告显示，从医学和生理学的角度，李宝玉的许多器官和部件都属于非正常的状态。

一个跟头就被桌腿儿卡死的人，谁又能管得了呢？

许振忠却不这么想，在他看来，只要是集贤村的村民，包括失去自理能力的老人和尚且懵懂无知的孩子都应该在他的照顾之内。因为，他是大家推举并非常信赖的“头儿”。

得知李宝玉的死讯，许振忠第一时间赶到他家里，想方设法安慰李宝玉那并不知悲伤为何物的亲人，安排村里的人们料理好他的后事。

回忆起当时的情景，许振忠说，那几天他都没睡好觉。一闭上眼睛，脑海里就晃动着李木匠因为生了个李宝玉这样的宝贝儿子而感到骄傲的神情。还有，大道上，李宝玉抠起一捧热乎乎的牛粪糊在他裤子上时的模样。

一桩桩、一件件，那和许振忠没有任何关系的往事，无时无刻不在折磨着他。有时候，他真的有一种坐卧不宁、心力交瘁的感觉。

他说，就因为他是这个村子的支部书记！

作为支部书记，不仅仅是一种带有荣誉的光环，更应该是一种责任、是一种担当、是一种揣着良心的不容亵渎的使命！

正因如此，他一有时间就去那些困难家庭。尤其到了逢年过节时，他肯定会去看看那些人，快要过年过节了，还缺些什么、少些什么。能由村里解决的，就由村里解决；不好由村里解决的，他自己出资或者出物。

他觉得，只有这样，他的心里才能有几分慰藉。尤其到了后来，因为村办企业的兴旺发达，增加了村民收入，许振忠对那些弱势群体的照顾也随之有所增加。

第六章　刻写在历史上的不老文字

一

作为“傻子头”，许振忠和集贤村、傻子酒一起出名了！

说起集贤村，放在今天，也不会有多少人知道。但一说“傻子屯”，周边没有几个不知道的。尤其是20世纪80年代前后，集贤村成了村屯的典范和明星。那么，能够使得这颗明星熠熠闪光的许振忠也就成了众人瞩目的对象。

那个时候的《合江日报》以及后来的《佳木斯日报》《三江晚报》上，“许振忠”这三个字是出现最多的被报道的人名。就连《黑龙江日报》也曾大篇幅地报道过集贤村和许振忠的光辉事迹。

新闻媒体的编辑、记者，还有那些撰写报告文学的作家都跃跃欲试地探访集贤村，渴望从那块黑土地中挖掘出珍贵稀缺的宝藏。

由于一直从事文学创作及新闻报道工作，笔者看到的关于集贤村和许振忠的文章固然要比一般读者多一些。这里，我们不妨把能够找到的原始资料介绍一下并摘录一些，以对集贤村和许振忠那段历史提供更多的佐证。

一本已经发黄了的由时任黑龙江省省长陈雷题写书名的《时代先锋》收入了许振忠的一篇文章。我知道，许振忠在各地做过多次的报告和演讲，甚至讲到人民大会堂，讲到国务院，但署名他许振忠撰写的文章，我倒是只看到这一篇。

《时代先锋》

文章的题目《当党员就要为群众造福》。

文章开篇就说：

“我是1959年参加工作，1969年加入党组织的。现在是桦川县苏家店镇集贤村党支部书记。在十几年的党内生活中，我最深刻的一点体会是，当党员就要按照党的宗旨，全心全意为群众造福，一点一滴地为党的形象增辉。”

介绍了整个村子的基本情况后，他非常形象地讲起了村里的“单干户”和“宝贝儿”：

“有个叫陈明强的小伙子，无论春夏秋冬，整天赤身裸体地在村里晃悠……还有一个李宝玉，人称‘宝贝儿’。他父亲李景芳在旧社会出劳工，被日本鬼子扔到万人坑里，后来死里逃生，跑到我们这里，50岁才得了个儿子。李老汉乐坏了，给孩子取名宝玉，一心望子成龙。可是宝玉两岁以后逐渐呆傻，10多岁以后成了陈明强一样的傻子。李景芳流着眼泪说：‘我从万人坑里爬出来，没敢想过大富大贵，就是盼望得个儿子，能够传宗接代，也就心满意足了。哪成想这样啊？若是咱中国人都这样，不用别人来打，就亡国了。’由于疾病的摧残，人们智力障碍，也给全村带来了贫困，最低劳动日值只有4分钱。多年的贫病交加，竟使人们忘记了村子原来的名字，变成了难听并带有轻蔑的名字——‘傻子屯’。”

文章叙述了接下来支部书记深有感触的一段话：

“打这天起，我一连几宿睡不着觉，翻来覆去地想：党组织把这块地方交给我，是党和群众对我的信任。就是拼着性命，也得带领这一千多口人挖掉病根，拔掉穷根，摘下‘傻子屯’的帽子。不然，要我这个支部书记干啥？”

……

“一次，我到县防疫站去汇报，听防疫站的同志讲，可能是水有问题，就从防疫站请来周玉馥大夫，请她帮助我们验水。一化验，果然不差，每毫升含碘量不足1微克，不适合做生活用水。病根找到了！我当时的心情是又悲又喜。悲的是我们年年月月居然是用连牲畜都不能饮用的非生活用水，喜的是终于揭开了痴愚呆傻的谜底，治病有希望了！

听周玉馥大夫说，泉水一般含碘较多。我就在村周围的田野里一次又一次地勘查，到处寻找泉水，希望能引水进村。一次在东山洼里发现有股清水从山上流出来，我就拖着鞋子，绾起裤子，跳了下去，顺流而上。当时正值初春，水流扎骨冰凉，我还是挺着往前趟，终于发现一个小洞，水就是从那里流出来的。我心头一阵惊喜，赶紧撸起袖子往里摸。可是，摸了半天，手脚都冰得发木了，也没摸到泉眼。跑到半山腰一看，原来是一股空山水，并不是泉水。一股子高兴劲儿，一下子烟消云散了。

引不成泉水眼看着群众在疾苦中挣扎，我心里火烧火燎的，饭也吃不香，觉也睡不稳。忽然想起离村3里远的老栾家。一家几代人都挺精灵，可能喝的水没毛病。取来水样化验，果然各项指标都正常。我心里挺高兴，琢磨着反正村里水质不好，不如把村子往那儿挪挪。可那几年落后，家家手头紧，根本没有力量挪村子。跟大家一商量，干部、群众都想不通，说啥也不干。挪村的打算只好放弃了。

但是，我并不灰心。有一次，我打听到悦兴乡汶澄村治水挺有办法，就赶忙到那里去学习。可他们是采取过滤的办法治水，而我们村的问题不是这个办法能够解决的。”

读到这儿，就不难明白了，许振忠接下来就一定是向上级相关部门争取来9000元打深井半途而废的事儿了。后来，集贤村的情况由省里的迟学志处长反映了上去，得到省委和中央李德生同志的重视，之后——

“地、县派来了医疗队，哈尔滨、天津、佳木斯等医学院派来了地方病研究人员；自来水管道、深水泵运进了村，安装工人也来了，一时间，村里像开了锅似的，一片沸腾。

停歇了3年之久的改水工程重新开始了。在施工中，我既当指挥员，又当战斗员；既是采购员，又是接待员。里里外外，连踢带打。当时肝病发作，疼痛难忍，我就悄悄地把手插在口袋里，用手指顶着肝区，咬着牙坚持下来了。经过几个月的紧张施工，水泵装好了。一座10米高、可蓄水42吨的水塔建成了，3800米自来水管道纵横交错地通向四面八方。1979年9月8日在全村老少的欢笑声中，第一次开闸放水，清澈的自来水流进了家家户户，人们多少年来梦寐以求的事情终于实现了！”

村里改了水，办了育智班，治病治愚的问题正在一步步解决，而一个更让许振忠头疼的是治穷的问题。

许振忠在文章里从他冬天的早晨遇到两个孩子说起——

“1980 年冬天，体格寒风刺骨的早晨，我去公社开会。走到村东头，迎面碰上两个十一二岁的小男孩，一人背着一捆松树枝往村里走。他俩一见到我，慌忙把松树枝扔在道上，躲进壕沟里（大队规定，掰松树枝要罚款）。当时我想，这么冷的天，让孩子一大早出来掰松树枝，指定是家中没烧火的了。走近前一看，两个孩子小脸和小手冻得通红，吓得直哆嗦。看到这情景，我心像刀扎一样难受。能责怪孩子吗？搞得群众缺吃短烧，是我没领导好啊！我愧对乡亲们啊！两个孩子可怜巴巴地站在我的面前，等待着发落。我把松树枝放在他俩的肩上，说：‘你们背回去吧，要是谁不让，你们就说是我让背的！’不久比这更扎心的事又出现了。有些农户像逃瘟疫似的往外搬家。一个女社员坐在搬家的大车上，用手比画着我们村子说：‘这下子我可逃出这个穷坑了！’听到这些话，我几宿没睡好觉。寻思着，党把这块土地交给了我们，我没尽到责任啊！如今，病根是挖掉了，但治穷的任务还很重。不挖掉穷根，集贤村不病垮，也得穷垮。我是这么想的，干部们也都是这么想的。那么治穷从哪儿入手呢？大家争论来争论去，觉得庄稼人还得以粮为本，首先得种好地，多打粮，才能稳住人心。我们村有6000 多亩地，其中近 3000 亩地经常遭受内涝的危害。那几年雨水多，几乎年年受灾。要是把内涝治住，粮食稳产就有把握了。1981 年冬季，支部决定在这片涝区挖一条排水壕，同时筑一条大堤挡住外水。可是动员人力的时候就费劲了。当时太穷了，人均收入只有43元。又是数九寒天，谁愿意干？靠哄不行，我们就把任务分配到各家各户，按劳力和人口，一家一段，干不干、干好干坏，有奖有惩。村干部也和群众一样，一人一段。分完段，我们支委几人就带头干起来。我当时肝病和胃病常常发作，疼大劲儿了，就用手顶一会儿歇一歇，过了劲儿接着干。群众看到我这个样子，就来抢我的镐，说：‘看你都啥样了？你这一段我们替你干，你坐那支支嘴就行了！’我说，大伙都在工地上，连一些老人和孩子都来了，我怎么能光支嘴呢？还是挺着干。当时那个艰难劲就不用说了。天气冷，肚子里吃的又不足，一镐下去一个白点，有的实在累得不行了，就躺在地上喘口气，缓一会儿再刨。我心疼大伙，可又不得不这么干。经过一个多月的奋战，一条6华里长，底宽1米半，上口5米，深2米的大壕挖成了。一条上宽3米，底宽5米，高1米半的大堤也修成了。1982年就受益了，粮食总产133万3千多斤，比1981年增加了121万8千多斤；上交商品粮56万8千斤，而1981年吃返销粮30万斤；人均收入223元，是1981年的5倍。”

许振忠的文章下面提到了村里建砖厂的一些细节——

“治住了内涝，农业这头基本稳定了。但是我们村人多地少，死啃这点地，就是种出花来，生活水平也搞不到哪儿去。我听说瑞士国小土地少，但人家脑瓜子活，大力发展钟表业，成为钟表大国，国家搞得挺富足。我们村要想富，也得发展工副业。但我们村人的智力差，太精的活干不了。干什么符合我们的特点呢？想来想去，想到了办砖厂。那几年建筑业开始兴旺，各地盖宿舍、建工厂，大楼没少起，红砖是缺货。办砖厂要不了多大技术，只要有土有力气，就能捣鼓起来。

制砖的土我们不缺，村里人智力差，可力气有的是，干活还实在。办砖厂肯定行。党员会上就这么定下来了。

这时，村里村外一些人吹冷风说：‘集贤村要能把砖厂办起来，我把姓都改了！’有的说：‘砖厂办起来，我倒着走出集贤村！’当时我想，‘有志者，事竟成’。我们傻人也有志气。你越是吹冷风，我越得办出个样子来给你看。说来当时创业也真艰难。啥都买新的，没那么多钱。我就带着两名电工跑到佳木斯，在废品收购站和一些工厂的废料堆里扒拉、挑出一些钢筋、轴承和电机、搅拌机底座等材料，按废品廉价买回来，修理修理，凑合着用。技术员也是外请的。离我们村40多里路的悦兴镇悦兴村有个叫王忠诚的制砖技术挺高，但人家嫌我们村穷，不愿来。头一次没请动，我又连着两次晚间开着拖拉机登门去请。他被感动了，说你们诚心办厂，我不能看笑话。就来到我们村当了技术员。我还把在县城当瓦匠的外甥找来，叫他领着人把砖窑的大烟囱垒起来。然后，又从地区农机公司赊来一台胶轮车，解决运力。接着又购买了制砖机、输送机。在各部门的帮助下，办砖厂需要的物资总算齐备了。可是到建窑的时候，群众都怕办不好，跟着赔进去，谁也不愿意上砖厂干活。老党员任国忠先把自己家的亲属动员去了，其他党员、团员也跟着把亲属动员去了。这下子带动了群众，干活的人越来越多了。我更是责无旁贷，没日没夜地在砖厂里忙碌着，有时一忙就连轴转。有天晚上从砖厂回家，半路上被砖头绊倒了，因为太困太乏了，趴在地上就睡着了。后来让打更的发现了，才把我扶着送回家去。”

前面已经说过，砖厂几经周折，终于建成了，并且产生了较大的经济效益。每办好一件事，都要耗去许振忠无数的精力和体力。为了这个集贤村，许振忠应该称得上殚精竭虑、不遗余力了。

他一心想着他的集贤村，想着集贤村的村民们，唯独不考虑他自己和他那个已经不成样子的家。一次，村里干部陪着乡里的领导检查夏锄情况，深入田间地头，挨家挨户地察看。当走到一处承包田时，只见那地里荒草丛生，一点儿苗的影子都看不见。许振忠当即大发雷霆，责问这是谁家的地，要是不能种，村里就收回来，不能让大好的地就这么糟蹋了。

当时，许振忠身边的一位村干部捅了他一下，低声提醒着："许书记，别说了，这是你家的地啊！"

许振忠一时尴尬在那儿，长长地呼了口气……

很少谈到他自家事儿的许振忠居然在下面的文章里说了一些心里话，就让我们走进他的内心世界，看看他那裹挟着泪水的朴实文字吧——

"经过几年的艰苦努力，'傻子屯'的面貌有了初步的改变。许多人盖起了新瓦房，买上了电视机、收录机、洗衣机。但是，我家仍然住在孩子外公留下的几间破草房里。其余的村干部也都住着草房。按说，我们掌管着年产几百万块红砖的砖厂，盖个砖房是容易的。正像有的同志说的那样，只要说句话就行了。大家的心情我理解，但我不能这么做。共产党的干部，可不能像有些人下象棋那样——一上来就吞个足（卒），那还有什么威信！

说句实在话，这些年来，我对自己家的事情想得比较少，根本没照顾到。前几年经常缺油少盐，甚至连张炕席都买不起。有很长时间我不知道自己家的口粮田在哪里，就靠爱人和几个孩子去伺弄。爱人有时不免嘀咕两句，听了以后，我也感到内疚，觉得对不起她。但是，有什么办法呢？谁让我是共产党员、支部书记呢？当干部就得这么个干法。我对她说：‘好与坏你给我撑着，等全村人都过上了好日子，咱们再好才有意思。’她很理解，嘀咕归嘀咕，过后照样支持我。也有人说，凭你这本领，要是顾自己，早就发家致富了。这话不假。这些年我上上下下接触了许多人，要是办点事，求到那儿了，总会给点照顾，找个发财门路什么的，会有许多方便，弄个万元户是不成问题的。但话又说回来，共产党员不兴各顾各。现在，路线对，政策好，正是当干部为人民服务的好时候。哪有车头不顾车厢自己跑的道理？

从1975年打井起，我就经常感到肝左右那片隐隐阵痛。1979年建水塔时，工程很紧张，恨不得一下子就把水塔建起来，好让乡亲们早一天吃上深井水。那阵子我和几位村干部没日没夜东跑西颠，肝部疼了就用手顶一阵。后来，又染上了重感冒，还是强挺着干。当时正在我们村帮助防病治病的佳木斯医学院的一位大夫，看到我这个样子，要给我检查检查。我说没事，就是感冒，挺几天就过去了。他非要给我看看不可。一检查，他吓了一跳：‘这哪里是单单的感冒？肝大三指，脾肿一指半，最低得休息半年。赶快住院吧！’我说：‘在这个节骨眼上，要命我也不能走啊！’直到水塔建成，我也没去住院。1982年6月，砖厂正要点火投产，我又得了肾炎，眼睛肿得就剩一条缝了。大伙逼着我上医院。点火能不能成功？会不会出现什么问题？忙乎了大半年，可全看这下子了。我不放心，说啥也不走。后来大伙架着我硬给我按到车上送到县医院检查。这次可病得不轻，小便带血，化验单上4个‘+’号。院长强迫我住院，任凭我咋说也没用。可我心里着急，总想着砖厂的事。等院长一走，我马上溜出病房，跑回村里。院长发现没人了，开着救护车追到村里，我也没回去。这年7月1日砖厂投产后，我的病情更加严重，浑身都肿了，鞋不能穿，饭也不能吃，连走路、呼吸也困难。干部群众都很关心，纷纷劝我住院。我也感到不住院是不行了，临走那天，大伙把我扶上车，我绕着砖厂看了一圈，又把要注意的事情和村干部们一一作了交代，这才离开村子。住院后，一位熟悉我村情况的大夫对我说：‘老许啊，这些年你辛辛苦苦地操劳着村子的事，村里的病根拔掉了，可是你身上的病根却扎下了。这回可要好好地治一治啊！’听了这些发自肺腑的话，我感到很欣慰。眼瞅着那么多乡亲今后不再被地方病折磨了，病倒了我一个，值得啊！住院需要一笔很大的开销，而我们村子还不算富裕，这几年虽然攒了几个钱，可该用的地方多着呢。村干部合计着要给我一些补助，我怎么忍心用这个钱呢？始终没有接受。住院费都是我自理的。医生给我开的一些贵重药，我舍不得吃，都退了回去。吃饭也尽量节省着点。同病室的病友一餐花了8角钱，我和看护我的女儿两人一餐才花7角钱。人家买好菜，我们父女俩就挑便宜的，常常是买碗白菜汤对付着吃。医护人员说：‘你这傻子头，天天尽吃白菜汤，病能好吗？’知情的病人和女儿听了，有时难过得流泪。我就宽慰他们说：‘吃好的时候在后头呢，不在乎这几天。’后来村里强拧着给我送来了30元钱补助，我没舍得花，都给了也在住院的本村社员。”

他说——

“我常想，党的温暖要我们当党员当干部的传送给群众，我们应该尽力通过自己把党的温暖送到各家各户。社员张林夫妻先后被地方病夺去了生命，扔下了5个患克汀病的孩子。我平时常去看望他们。逢年过节就让爱人给他们做好吃的。一到换季的时候，就让爱人先给这几个孩子把衣服做好。去年秋天，宁桂珍赶着给他们做棉裤，我的小女儿就扳着妈妈的肩膀，一边晃，一边喊：‘妈妈不喜欢我了，怎么不给我做衣服啊？’宁桂珍哄劝着她说：‘我老姑娘懂事，冷了知道往屋里跑；他们傻，冷了不知道进屋。冻坏了咋办哪？’这几年，年年是我家大人孩子棉衣还没做上，老张家几个孩子棉衣就上身了。他们身上暖和了，我的心里也就热乎了。而对于自己的家属子女，我总是从严要求的。去年，大女儿云凤看到育智班的孩子越来越少，任务不那么重了，就想调调工作，换换环境。她向团县委的同志流露了这种想法，团县委的同志们都欢迎她去他们那里工作。我听说后，对她说：‘组织上对咱们已经够帮助了，不能再给组织上添麻烦了。这些年我找遍了省地县各级领导，可都是为了集贤村，没有一次是为了咱个人。咱不能只在场面上讲不忘党的恩情，更得装在心里。到上面工作是件好事，但是眼下育智班还有一些孩子交给谁？有关部门和领导还希望你在智障教育上有点造就，咱可不能辜负了上级和群众的期望。’经过一段思想斗争，她还是想通了，工作很安心。最近，还写出一篇智障教育方面的论文，在《思维科学》杂志上发表了。”

许振忠的书只读到初中一年级，很是无奈地辍学了。有一点，他非常清楚，那就是要获得知识的途径，不仅仅是在学校的课堂上。因此，多年来，就是再忙再累，他也没有放弃包括科学文化知识在内的方方面面的学习。读书、看报纸、听广播，已经成为他多年养成的习惯。从为村里拟定的几副对联就能看出他的文化修养，从另一个角度就足以看得出来。他在各种场合的报告、演讲以及汇报等都有条不紊、头头是道，就完全可以感觉得到他那较为扎实的文化底蕴。在他的这篇文章里，他也提到了关于学习的问题——

“现在农村发展得很快，需要党员干部抓紧学习科学文化知识，否则就赶不上形势，跟不上事业发展。我只上过初中，深感自己知识的不足。所以，近几年来，我比较注意学习。村上订了 77 种报纸杂志，还同全国 24 家科技部门建立了联系。每天晚上我都坚持学习两个小时以上。常年坚持阅读《半月谈》《党的生活》和企业管理杂志，通读了《政治经济学》（资本主义部分），还阅读了不少古典文学名著、唐宋诗词。在广泛的涉猎中，获得了许多知识和信息，初步掌握了企业管理、农业机械制造与维修、土木建筑设计与施工等方面的一些知识和技能，在实践中派上了用场。村里的小学校舍、砖厂办公室、玻璃制品厂房，都是我设计的。1984 年，红砖生产旺季时，制砖机出现了故障，严重影响了生产进度和产品质量。我和大家一起，经过反复试验，终于靠学得的知识排除了故障，并进行了适当改造，彻底解决了制砖机生产中经常遇到的关键性问题。我常和大家说，现在咱们搞经济翻番，建设两个-文明，指望什么？指望科学技术，指望知识人才。因此，集贤村很重视智力投资。几年来，投资 85000 元，重新修建了小学校。去年还送 4 名教师参加函授学习。去年冬天组织砖厂工人进行了十多天的技术培训，提高了生产技术和产品质量。现在外地人买砖，一听说是集贤村的，都争着抢着买，说集贤村的人实在砖也实在。”

文章写到最后，许振忠借着省委一位领导的话如是说——

“最近，省委副书记陈云林同志来我村检查工作，他有几句话使我深受激励。他说：‘群众常常根据文明党员的行动来测量我们的党，所以党员何时何地的一举一动，都必须给群众一种好的影响。使他们更加相信我党，更加敬重我党。’入党以来，我虽然为党做过一些工作，但是离党和人民群众的要求还相距甚远。我决心沿着全心全意为人民服务这条道路一直走下去，直到生命的最后一息。”

在许振忠的文章中，没有华丽的语言，没有过分的辞藻修饰，但我们完全可以感受得到那其中的一种真诚、一种高尚、一种潜在的令人仰视的伟大。

二

曾经担任过佳木斯市文联副主席、文学杂志《冰凌花》编辑部主任的作家王国勋在黑龙江人民出版社出版的报告文学集《痴情》里，收录过撰写许振忠的报告文学《痴情》。

《痴情》里，王国勋更为形象地为我们展开了这样一幅集贤村最初的景象：

集贤，顾名思义，一定是贤人汇聚。使人沮丧的是，历史偏偏在这里开了一个天大的玩笑——痴傻成群。

……

集贤，一个人群繁衍、生长的地方，变得像未被开垦前的北大荒一样荒凉。这里，我们只要描述一下“四大名旦”拮据的生活景况，便可略窥一斑。

在更加细腻地描述了李景芳那“宝贝儿”李宝玉之后，王国勋是用这样的语言来描述了陈明强和王忠彦的：

大队有个叫陈明强的中年汉子，他除了饥肠辘辘，只知道喔喔地叫着要饭吃以外，别的什么也不懂。当杨柳喷青的时候，他也从冬天的封锁里解放出来，以他特有的方式打发温和、明媚的春光。他每天早晨起来，无意去欣赏杨柳吐绿、好鸟儿的啁啾，而是步履蹒跚地在道旁、垃圾堆旁踱步。

……

还有个叫王忠彦的中年男人，智力障碍，头脑愚钝，面容痴傻，两腿像得了软骨病，走起路来弯曲而发颤。他到猪圈喂猪，经常脸朝地摔个大跟头，导致爬不起来，还得需家人搀扶着起来。人们用辛酸的语言描述了“四大名旦”的痴傻和愚钝：“宝贝儿，不如狗；中年汉子不知丑，光着屁股满街走；大美人，不好看；饲养员，趴猪圈。”

严重罕见的地方病，就像一个无形的魔鬼紧紧缠绕着集贤村不放手，毫无疑问，不驱走病魔，集贤人就不会从病魔中解放出来。

历史啊，在这里形成了沉重的积淀！

笔者和这位作家很是熟悉，他当年出版这个集子的时候，我们也亲眼看见了他整个创作过程。此刻，再次阅读和摘录他这篇作品里的文字时，我们的心情不会同他当年采访许振忠、在那盏子夜的昏黄灯下写下集贤村那令人心酸一幕的心情有什么两样。好在，王国勋所描述的集贤村的景象只是一个开篇。

从一篇一篇的文字里，我们能够看出来，作家对他所书写的对象是怎样一种敬仰的心情。作品以《流泪的土地》《呼唤》《谁冷落了这块土地》《伯牙鼓琴》《钟子期知音》《党啊》《人民的福星》《福音传来》《瞬息之间》《金水儿》《“谁让咱是一家子？”》《含笑的土地》等为题目，共分8个章节，外加序和尾声。

在《谁冷落了这块土地》一节中，作家叙述了许振忠当上了集贤大队支部书记之后，决心改水，但没有得到相应的支持，他叙述了这样一个细节：

在芳草萋萋的草原，并不是每片叶子都是绿的；在姹紫嫣红的花园，并不是每朵花都如此娇艳。集贤大队遇到了冷遇。

1977年，也是我们祖国刚刚经过朔风严寒的第二年，上级有关部门拨给该县1万元改水专款。按集贤大队的情况是完全有资格享用的。但当时县城自来水安装工程刚刚破土动工，虽然不是牵涉县城全体居民，但工程范围囊括县直干部居住区，这在某种意义上显得更为重要。

“这钱就给县自来水公司吧。”原县革委会副主任提笔欲批。

“主任，这可是改水专款，应该专用。”

“知道。县不也是用于改水嘛！”领导似乎对这个提示很不满意。“过去集贤搭进去多少钱？有什么用！那是个填不满的穷坑！”

同年，上级几经斡旋，从富锦县（现富锦市）为集贤大队防病改水专门调拨了一台深水泵，也被以“搁置数月，集贤不取”为理由，同样批给了县自来水公司。

许振忠出于一个共产党员的责任心，负着对千多口人的自责，期待着能有一束光照在集贤的土地上。

王国勋没有直接在文章中道出在某种程度上，权力该是何等的重要。我们试想，假如当年那笔款项和那台深水泵给了许振忠的集贤大队，或许，不，是一定会把集贤大队改水的进程提前一步，那些因水而病的人们一定会早一些挣脱那痛苦的深渊，过上正常人应该享受的生活。但是，现实中就从来没有过假如。

如果不是许振忠，或许换上任何一个人，都会卸下肩上那沉重的担子，轻松地徜徉在自家的院落里，仰望着蓝蓝的天空，沐浴着暖暖的阳光，哼唱几句热情的东北民间小调……

许振忠不是那种心胸狭隘的人。面对人生的一次次挫折、一次次坎坷，他总是默默独自承受着，用微笑去面对。在他心里，就算山再陡、坡再大，顶多多费些力气，多攀一会儿！

果然，苍天不负有心人！集贤大队的情况辗转汇集到省委领导，乃至于中央领导的办公桌前。于是，一笔批示，一次视察，把许振忠和他的集贤村骤然间推到了各级领导部门工作重中之重的位置。

王国勋在《瞬息之间》那一节中写道：

随着省委书记的大笔一挥，司令员在机场上发出饱含着温暖的话语，迅速组成了一支向病区进军的队伍。

中央地方病领导小组派北办组的施凤喜、刘永笑同志送来了药品。

天津医学院地甲病研究室马泰老教授到这里亲自指导。

哈尔滨医科大学也派来了团队。

佳木斯医学院地甲病研究室李健群教授带人到这里挨门挨户诊治病人，他们还在这里建立起了地甲病实验分室。

在这场战役中，桦川县党政机关，各行各业更是首当其冲。

县卫生科派进了医疗队，县粮食部门加工了足量的碘盐。有钱的出钱，没钱的出物、出力，忙乎得就像抗战时期的支前工作一样。县卫生防疫站站长周玉甫患脑囊虫病，别人劝他早点去治，他一直坚持到普查结束。集贤村的病治好了，他却瞎了一只眼睛。

最后，王国勋又以很是轻松的笔调写下了《含笑的土地》一节：

送走了瘟神，他要送穷神，还要请财神。这后面的路并不比前面平坦多少。他经过一段思索之后，又在艰难的道路上迈开了脚步。

1981年5月2日，几台吉普车驶进了集贤大队。李德生受党中央的委托亲自到这里视察、慰问。

按县里安排，由许振忠汇报，时间限制在半小时以内。

望着司令员，许振忠由于激动而显得有点儿紧张，他不时地看着腕上的表。但他看到司令员笑眯眯地瞅着他，毫无厌倦之意。许振忠越讲越顺口，结果一口气讲了5个小时。

“好，好，讲得好。共产党的干部就应该时刻把群众的疾苦记在心上。”

司令员在许振忠的陪同下，看望了育智班，痴傻儿童们唰地起立，向司令员问好，他翻看了学生们的作业，不禁地赞扬起来。

李德生临走时拉着许振忠的手说：“不但要拔病根，还要挖穷根。生活要一年比一年富裕，日子要一年比一年好。”

“请司令员放心！”

许振忠本来就像支蓄势待发的火箭，一旦撞击了引信，就是非冲出去不可了。

"于是……"

可想而知，王国勋的"于是"后面，一定是一组令人欣喜的数字。他是用那组数字证明着许振忠艰苦奋斗十几年的业绩，他也是在用那组数字证明着许振忠和集贤村那种坚持不懈、锲而不舍的精神！

王国勋最后用"欢歌和笑语从贫瘠的土地上升腾起来"，结束了他这篇作品的最后一个章节。

当年，我们在拜读王国勋这篇文章时，就曾感觉到了那种几乎令人窒息的沉重，也曾经和作者探讨过文章背后尚且不能落实在文字上的一些底事。好在，若干年后，许振忠和他的集贤村终于走出那艰难的谷底，已然成为一幅曾经于梦幻中憧憬的美丽画卷。

这一切不仅会让这篇《痴情》的作者，以及读过它的读者感到由衷的欣慰，而且会让和集贤村有过些许渊源或者听到"集贤村"这个名字的人们心灵上增添一丝绚丽的美好。

三

"张雅文"这个名字，人们或许不是十分的熟悉，但她那《趟过男人河的女人》《盖世太保枪口下的女人》《生命的呐喊》等作品应该是许许多多人都读过或者看过的，并且一定会留下十分深刻的印象。

作为中国作家协会的会员、黑龙江省作家协会名誉副主席、著名作家的她从 20 世纪 80 年代起，曾前后多次来过集贤村，有时一住就是十多天。

张雅文曾经撰写过一篇关于集贤村的报告文学《走过伤心地》，发表在《北方文学》杂志上，这篇文章被收入北方文艺出版社出版的图书——报告文学《走过伤心地》。之后又撰写了一篇报告文学《傻子向精明人挑战》，刊登在1994年10月的《光明日报》上。

文章的引言是——

这里曾是一块不毛之地，一个举世罕见的“傻子屯”！

全村1313人，地甲病占了859人，克汀病（傻子）150人！“痴呆蔫傻满街走，哑巴说话比画手，粗脖根人人有，大气瘰像个柳罐斗。”“一代蔫，二代憨，三代四代断香烟！”只要你走进这个有着美丽名字的村落，随处可见满身污垢的男人一丝不挂地招摇过市。你随便推开一家屋门，呈现在你面前的都是一个目不忍视的悲惨世界……这就是黑龙江省桦川县的集贤村！

集贤村是不幸的。他们的祖先选择了松花江故道作为养生之地，使自己的子孙代代遭受着缺碘的摧残。然而，不幸之中还有一丝万幸，这里出了一个拯救者——许振忠！

看那大一号的黑体字写着，十分醒目：

▲ 被推举为村党支部书记那天，许振忠在集贤村外足足转了三天

▲ 致傻的原因找到了，他要改水

▲ 国务院决定盐中加碘，我们今天吃的加碘盐就是从这个村落引起的

……

（二十世纪）七十年代的第一个春天，他被推举为村党支部书记。他不想干，于是他在集贤村外足足转了三天！他知道这块不毛之地即使上帝来了也毫无回天之力！穷山恶水傻顽民，谁能把这样一个愚昧落后、贫穷痴呆的村落改造好呢？但是，这位身材不高、长相粗憨的农家汉子还是接了下来，并做到无愧于民！从他被选为村党支部书记那天起，就把自己的生命牢牢地拴在了这群可怜的生灵上。"既然干了，咱就得对得起集贤村的江东父老！"

一个人可以改变一个国家，一个人同样可以改变集贤村。

……

他决定改水，四处奔走呼吁申请改水费。然而，当时的中国正处于政治灾难之中，争权夺势还忙不过来呢，哪还顾得了一帮痴傻之人。群众望眼欲穿，他足足跑了八年。鞋底不知跑漏了多少双。不改好水他誓不罢休！他无数次地叩开有关部门的大门，最后，总算申请下来九千元的改水费。当天就从外地请来一支打井队，准备打一口深水井，以解决百姓的吃水问题。可是，打井队长听说他们只有九千元打井费，钻到九十七米的钢钻立即停钻！九千元，这不是开玩笑吗，连钻孔费都不够，更不用说买水管、水泵、建水塔了！打井队撤走这天，盼水盼红眼的村民们不知真相，以为井打完了要出水了，就带着一帮痴傻儿童欢天喜地地来到井台旁，争先恐后地来喝好水。说痴傻的人喝了就能傻得轻点！然而，村民们看到的却是坟冢般的土包（怕人把下到井里的铁管子偷走，用土把井口埋上）。他们顿时号啕大哭，有的甚至破口大骂。许振忠却在坟冢般的土包旁默默地坐了一夜，他的心里痛苦得流血。他清楚地记得多少人死不瞑目，临终前死死地抓着他的手，留下最后一句话："水呀……水……"

“不改好水，我拿什么脸见江东父老？”许振忠是一个有血性的汉子，他有一颗不败的灵魂！他不甘于失败！

张雅文简略地叙述了集贤村在许振忠的努力下，得到上级的支持，改水成功的过程，随后，她还写到了许振忠兴办育智班的经过：

▲从猴子身上找到启示

▲“大傻子头”“小傻子头”全家上阵

▲奇迹出现了。七十九名痴傻儿童走进了学校

水改好了，然而，现有的七八十个痴傻儿童却令许振忠寝食难安。这些孩子生活不能自理，是每个家庭的沉重负担。他绞尽脑汁想让他们成为自食其力的人。他偶然从耍猴人那里得到启迪：猴子能通过训练会算算术，猩猩能看孩子，难道痴傻儿童就不能训练成生活自理吗？于是他下定决心，决定办育智班。没人肯当这个班的老师，他想到了自己的妻子和女儿。

“天哪，你一个人卖给集贤村还不够吗？还要给我们娘俩也搭进去吗？这不是活活坑我们娘俩吗？你的心咋这么狠呐？”他妻子宁桂珍顿时泪如雨下。

“我不干！集贤村都让咱家包下了，你愿意当大傻子头，还不够，还要把我也搭上。咱们家又不欠集贤村的债，还全为它奉献了不成？”

“哎，找谁谁都不干，我不找你们怎么办呢？你们都不支持我，谁还能支我？小凤啊，你就帮爹一把，就当他们是你的亲兄弟，救救那些痴傻儿童吧！”

母女俩抱头大哭，他们没有选择的余地，他们深知许振忠的脾气。

母女俩从此走进了一个愚昧肮脏、苦不堪言的“蛮荒世界”。在那里，她们藏起不快，热忱地挥洒着自己的生命。她们面对的是一帮毫无理智的群体，一个哭，全屋顿时鬼哭狼嚎；一个拉屎，全屋顿时臭气熏天……有多少次，母女俩同时跑到门外把胆汁都快呕出来了。然而，她们以中国女性最淳朴、最伟大、最具忍耐力的精神，为男人分担着深重的忧患，做着难以想象的奉献。

……

母女俩用崇高的奉献精神送走了集贤村最后一批痴傻儿童，她们被选为全国特殊教育先进工作者。然而有谁知道，她们吞咽了多少辛酸，经历了多少苦难？

可能是由于篇幅的关系，张雅文并没有更为细致地描述育智班上发生的令人不忍卒读的故事。在采访的过程中，许振忠也没有跟我们特别详细地介绍七八年中，宁桂珍母女俩是怎样和那些痴傻儿童度过那几千个日子。我们一直想请许振忠仔细地说说，他总是摇头，淡淡一笑，说：“没什么可说的，那一切都过去了……”

▲ 集贤村有史以来第一次解决了温饱

▲ “砖厂出砖那天，让我祭窑我都干！”

▲ “傻子屯”盈利 12 万多

……

日值 4 分钱，脸朝黄土背朝天，劳作一天，仅够买两盒火柴。何其悲哉！

……

但是许振忠却不认可受一辈子穷，他在全公社召开的总结大会上正式宣布：“从今年起，不改变集贤村的面貌许振忠死不瞑目！”可就在这时，大队长和小队长却一起来辞职，谁都不当这 4 分钱的“屎壳郎”官了。许振忠气得大拍桌子：“你们不想干了？我十年前就不想干！你们把生产队搞成这样，有什么脸丢下不管？现在撂挑子，你我都将遗臭万年，死了灵魂都不得安生！现在只有一条路，咱们风雨同舟，玩命地干一把！”村干部都怕他，怕他玩命，怕他的血性，只好乖乖地收回辞职的想法。

他果真玩儿起命来！

在叙述了许振忠带着村里人修拦洪坝之后，张雅文是这样描写他要办砖厂的事的：

他要办砖厂。他知道集贤村这点土地种出花来也改变不了贫穷。早在（二十世纪）七十年代，他那不安分的脑袋就因为办油坊、米房而挨过批，这次中国的大气候给他提供了广阔天地。但是，他的想法一出笼，就遭到全村上下一片反对声：“咱村要办起砖厂，我倒着走出集贤村！”“我改姓！”村民们大发誓言，上边也吹来冷风：“现在有人竟忘乎所以，本该十年后干的事，今天干就要受到实践的惩罚……”

让实践惩罚也比坐等受穷强！许振忠不听邪。他要听邪绝不会走到今天！中国人习惯于按着老祖宗踩出来的路子讨饭。但许振忠却不甘心一辈子讨饭！他说：“砖厂出砖那天，让我祭窑我都干！”他宁可用自己的血肉之躯铺在致富的路上，让可怜又可恨的乡亲们踏过去。村民们祖祖辈辈受穷，视受穷为天经地义，要带领他们走出贫穷还真要大动一番口舌！群众不出工，要求签合同，十公分一元。许振忠冲着吵成一锅粥的村民们大喊：“可以签合同！秋后砸锅卖铁，把我许振忠的房子卖了也要给足大家工钱！不过咱们有言在先，如果高出一元，一分不多给！”

……

这一年，集贤村盈利 12 万 7 千元。众人不屑一顾的集贤村第一次扬眉吐气地风光了一把。全村子一下子买回 18 台电视机。合江地委下文件向集贤村学习！地委书记提出：“痴傻的人都能办到的，为什么健全的人办不到？”

是的，这是一个深奥而又浅显的道理，也是笔者这片报告文学所要提出的令人深思的问题。一帮痴傻的人可以干出惊天动地的业绩，可以改变愚昧、贫穷、落后的面貌，甚至可以把一帮傻痴儿童训练得自食其力，而我们这些正常的有着高智商的精明人，为什么会把一个个好端端的企业搞得一塌糊涂？

请听听这位大队书记的话吧。“咱们干部要拼着干，不能混着干。工作要过得硬不能过得去。要有火性劲不能有水汤劲。要舍得小家保大家，大家有了我们才能有小家。谁让我们是村干部呢！”一个小小的大队书记，一个连股级干部都不是的农民，竟有着如此崇高的责任心和觉悟力。恰是这种高度的责任感和使命感，使这个众人耻笑的集贤村，竟变成国内外瞩目的村落。

……

确实像他自己说的，为了集贤村，为了村里的父老乡亲，许振忠一切都舍了！老婆、孩子、地，包括他自己，都舍下了。

上级领导来这里视察苗情。他带着一帮人来到一块荒芜的玉米地里。厉声斥责队长：“这是谁家的地？草比苗壮！这样的人家以后不能分给他们地种！好地也让他们伺弄完了！”众人哭笑不得，但这恰恰就是他许振忠家的地。

一头二百多斤的大花猪在他家院子里吃食，他拿起棍子就轰：“去去，谁家的猪跑到咱家来吃食了？”望着这一切的妻子，眼含泪水半天说不出话来。他不认得自家的猪，不认得自家的地，连自己的老婆孩子都不认得了！

而他自己，建完砖厂不久，死神就来扣他的门窗了。严重的肾小球肾炎、肝炎、关节炎、胃病……当村民们把他送到医院时，他已是满脸铁青、全身肿得又青又亮昏迷不醒的人了。躺在医院的病床上，他留下的“遗嘱”不是对儿女的叮咛，不是对病妻的牵挂，而是对砖厂今后的管理方案……

也许是他这种顽强的求生欲及强烈的责任感，使他令人难以置信地从死神那里夺回了生命。但是他的性命却从此钉在“死缓”的判决书上：“你保养好了，还能活个十年八年的……”

对于医生的警告，是要生存时间，还是要生存质量？

他毫不犹豫地选择了后者。“要把村办企业巩固起来，要把商品粮基地建设起来，再把大家的住房村容村貌改变一下……这些估计几年能办成，那时候是死是活也就毫无遗憾了。”这就是一个面对死亡的人说的话。

……

许振忠说，张雅文第一次到集贤村采访的时候，她住了十多天，对于村里的事情基本全都了解了，她还认识了村里的一些“名人”。尤其是办企业的情况，问得非常细致。

▲“傻子”白酒问世

▲真是上苍有眼！过去集贤村一直受害于水，今天又得利于水

▲让“傻子王”扬名世界，集贤村有自己的公司了，还要建旅游点，让农民也有个玩的地方

1990年夏天。窗外姹紫嫣红，一派春意盎然的景象。然而此时的许振忠心里却是一片阴暗。一连几天夜晚，他坐在办公室里发呆。他满嘴大泡，微微发亮的脸上显现出浮肿的病态。此时，集贤村陷入了从未有过的绝境。院子里堆积的瓶子像山一样压在他心上。瓶厂积压产品一百多万，外欠本厂货款一百多万，流动资金全部压死。瓶厂不得不被迫停产，一百六十多名工人全部解雇，只留下几个留守管理人员负责要账，但是磕头作揖也要不回钱来，眼睁睁看着留守管理人员连工资都开不出去。这让许振忠怎么能不急呢？在这种困境中，他让管理人员挖几个窖，酿点酒，好把工资赚出来，并没想大干，只是想渡过眼前的难关。管理人员每人十个义务工，每人二十根洋钉，二袋玉米。从外村借来一口酿酒的穿心锅，从外地请来一个退休的酒工，没过多久，一个简陋的酒厂就悄悄地成立了。

……

出酒时，大家并没有对酒抱多大希望，只是想赚点工资。可是，酒一出锅，好家伙，一股少有的浓香味扑鼻而来，令在场的人顿时惊诧不已。仔细一看，酒流如丝，缠绵不断。酒质清澈透明，宛若刚喷究的山泉，喝一口，绵甜不绝，醇香浓郁，不浓不淡。细细品来，余香不绝，沁人心脾。好酒！真乃难得的好酒啊！

“我烧了一辈子酒，从没遇到这么好的水！瞧这酒流多长，倒到杯里都起鼓。这是难得的好酒啊！”老酒工兴奋地发出了感慨。

水？难道集贤村出了好水？这可能吗？

确实如此，经省、国家等几个有关部门的鉴定认定，这里打的深井水是地下优质矿泉水。水中含有十几种人体必需的微量元素。这水非同一般，具有能治疗胃溃疡、防止心血管疾病、壮骨骼、促进牙齿发育、提高免疫力等多种疗效。1993 年，中国地方病防治中心地甲所的专家来此普查。对现有的二百多个孩子进行了详细测试检查。检查结果：“你们现有的孩子的智商高于正常孩子！”国家很有名望的李健群教授把这一特大喜讯告诉了许振忠。许振忠方才恍然大悟，原来如此！过去集贤村小学的学习成绩，一直在苏家店镇垫底，近年却连连进入前三名。去年全镇共有十几个初中生考上了桦川县一中，集贤就占了五个。老师都说集贤村的学生聪明，原来是水质改变了孩子们的智商！

真是上苍有眼！过去集贤村一直受害于水，今天又得利于水！

酒好关键是水，水是酒的命脉。有了好水才能酿出好酒。

许振忠从不放过任何一次成功的机会。过去没有浴血奋战的机会，今天天赐良机，这个一心想以富裕告慰江东父老的傻子头，怎能放过这千载难逢的机会呢？

酒香不怕巷子深，“傻子”白酒打进桦川县市场，很快就以迅雷不及掩耳之势征服了众多酒民。人们纷纷抢购“傻子”白酒……

然而，当今是竞争时代。一个企业的兴旺将威胁着另一个或更多企业的生存。但是，他不拿自己这小小的酒厂去同县级大酒厂对抗。他只是咬紧牙关，默默地加紧酿酒，提高酒的质量，让“傻子”白酒美名远扬！他把自己的大厦建得高高的，让任何人都无法推倒它！这就是这个乡镇企业家对待竞争者的态度。近处不让销售，那就去外地销售；县里不让销售，那就去佳木斯、鹤岗等市区销！他与佳木斯列车段联系，让全部客运列车的餐车都销售“傻子”白酒，让四面八方的列车把“傻子”白酒带往全国各地。只要你走进餐车，你就会闻到“傻子”白酒的浓郁醇香。附近市县的好多餐馆都以“傻子”白酒来征服顾客。顾客一进门先问有没有“傻子”白酒，然后再决定落不落座。长沙一个客商买了一批“傻子”白酒，运回湖南，到家一扫而光，回头找到集贤村酒厂，开口就要两千吨！日本原弘教授喝了“傻子”白酒，留下了一句话：“集贤村精制‘傻子’酒，天下第一绝品也！”附近城市一家大酒厂厂长找到桦川县的一位领导：“你要把集贤村酒厂压住，我奖励你二万！”桦川县领导当然不能干这损事！

“春色满园关不住，一枝红杏出墙来。”

能关住的就不是春色，被竞争挤垮的就不是强者！

县里有关人员出头找许振忠了，要求与县酒厂成立联合体。为了顾全大局，许振忠只好同意。于是，县酒厂就用“傻子”白酒的商标出售县酒厂的酒。这本是给县酒厂重新塑造自己形象一个千载难逢的机会，可是，早已习惯靠对付过日子的县酒厂的职工却懒得开工酿酒，用酒精兑些凉水一搅和，贴上“傻子”白酒商标就出售。酒民的味觉却是糊弄不得的。不仅如此，县酒厂的某些人居心叵测，集贤村的酒卖一元，他们就卖八角；集贤村的酒收现款，他们就来个赊账……于是，已经大有名气的“傻子”白酒很快就倒了牌子！酒民们大骂许振忠：“傻子头也开始糊弄人了！”好不容易立起来的牌子转眼就砸在县酒厂的手里，无奈，许振忠只能力挽狂澜，拿出二十多万去省里做广告，利用一切可宣传的机会为“傻子”白酒正名。拿出一百多箱酒请人赏光，无论参加什么会议，他都把自己那张憨厚的笑脸连同一箱箱“傻子”白酒奉献给与会者，到北京人民大会堂开会都不例外。许振忠知道，酒要一旦倒了牌子就很难再扶起来了。“傻子”白酒的生死存亡就在此一举了！

“傻子无能贵人多”！经过一段艰苦的“扶正压邪”，倒了牌子的“傻子”白酒终于又顶天立地地站了起来，而且经过这场暴风雨的洗礼，它的名字比以前更响、更亮、更家喻户晓了！

有人说，许振忠是不倒翁，十八级台风都吹不倒他。然而，没人知道他内心的苦衷，更没人知道他为“傻子屯”付出了多少代价。“身多疾病思田里，邑有流亡愧奉钱”，这是许振忠常说的一句名言。

1994 年 3 月 12 日，桦川县爆出特大新闻，集贤村酒厂以壹佰万元原封不动地买下了价值八十七万元的桦川县白酒厂，作为“傻子”酿酒厂的第三车间！小小乡镇企业吃了大大的国营厂！停产几年的桦川白酒厂转眼开工。每天从几十里外的集贤村运水酿酒。说来也怪，原班人马一个没动，只调走了原厂长，但是公认酿出的酒却是醇香四溢。出酒率高达 42.8%。职工的精神面貌也一扫以往的消沉！如今，“傻子屯”酿酒厂年出酒高达万吨。

“傻子”白酒荣获全国星火计划成果展览金奖，黑龙江省“福克杯”金奖。许振忠提出要“兴酒富县”！下一步，傻子酒厂将推出高质量的“傻子王”。许振忠自信，地下矿泉水酿出来的酒绝对是优质酒。

他要让“傻子王”在全国叫响。他大胆提出“傻子王”要在质量上超过目前风靡全国的“孔府家酒”！他希望全国各路酒仙都来尝尝他的“傻子王”，他要让“傻子王”去征服天下！也是傻子们在向精明人的一种挑战！

好一个有胆有识的傻子头！

如今……

张雅文接着描绘了集贤村的变化和许振忠对这个村落未来发展的憧憬和规划。规划是那样的实际、可信、辉煌、美好。在我们看来，许振忠一定会把原来地狱般的集贤村变成美丽富裕的人间天堂。写到最后，作者提出了一个留给我们思索的命题：

写到此，笔者不禁感慨万分。如今多少国营工厂设备齐全，设备力量雄厚，领导者智慧超群，但却像桦川县酒厂一样，屡屡面临倒闭、解体。而一个小小的集贤村却干得如此风光，如此红火！这一切说明了什么？单单是体制问题吗？也不尽然。如果集贤村没有这个全国优秀共产党员、十四大代表的村干部许振忠，这里又会怎样呢？不过值得一提的是，直到今天，许振忠既没住上洋楼，也没坐上高级轿车，更没有用人民的血汗为自己搭起出国的彩桥（他多次拒绝这样的机会），连多次提升的机会他都不去。而他家里，仍然是一个普普通通的农民之家！他个人的最大收获就是一身疾病。广大读者自然会从中悟出许多深刻的道理吧！

2018 年 10 月 7 日，电视台在《书香四十年》中播出了这样一个节目：书香四十年——我与“傻子屯”的不解之缘。

节目的解说词是这样写的：

我们黑龙江有很多的村屯，它们的名字可能是因为地域、姓氏，或者文化而定，可在今天的《书香四十年》中我们不得不提起一个名字：“傻子屯”。可能您刚刚听到这个名字会忍不住想笑，为什么还会有起这样名字的村屯？可我想告诉大家，这个“傻子屯”确实存在，就在今天的佳木斯市桦川县，而且“傻子”两字并非玩笑。说真的，“傻子屯”影响了整个中国人。那么到底有什么样的故事呢？接下来就让作家张雅文老师为大家讲讲她和“傻子屯”缘分的故事。

下面就是张雅文关于与“傻子屯”之间缘分的往事的叙述了——

我真正走进“傻子屯”、认识“傻子屯”，是在 1988 年的冬天。那是《北方文学》的主编韩梦杰，他约我写一下“傻子屯”，所以我就在一个刚刚飘过清雪的日子里，来到了这儿，真的是感慨万千。那个时候的“傻子屯”是难以想象的。

每当提起这句话，我都会想起那段心酸的往事，和那个曾令人伤心的地方——佳木斯市桦川县的集贤村。那里并不是我的故乡，我跟它只有过一面之交，但它却在我心里烙下了永远无法磨灭也无法淡去的烙印。每当回忆起那里，心里总会浮现出一幅幅令人锥心的画面。那里也叫“傻子屯”，至于为什么起这么个名字，回想起来，起初我也不理解。

就这样，我第一次踏上了这片人们口中不堪入目的蛮荒之地。走进村里，映入满眼的是到处矮趴趴、东倒西歪的破草房。在我的印象里，那里可能是东北农村最破烂的村子了。

最可悲的还不是那里的房屋破旧，而是在街上随便看到一个人，你会突然感到很惊讶，就是这个下巴带着一个像柳罐斗一样的东西。你知道柳罐斗是什么吗？就是像小水桶一样很大很大的一个气瘰，这样的人很多，除了这些以外，你会看到迎面走来的，瘸瘸的、淌着大鼻涕的半大孩子，或者从你眼前跑过去的都是傻癫癫的孩子。

到底是什么原因造成“傻子屯”的这种现象呢？

第四纪冰川的消退把地表的碘带进了海洋，“傻子屯”所处的位置是松花江故道，江水在此冲刷了这里仅有的碘元素，而村民们喝的就是这地表水。

整个这地区严重缺碘。咱们饮用的水都是含碘10微克到200微克，这是正常的。如果低于5微克，就会得地甲病，“傻子屯”这里的水碘含量竟然不足1微克！

在来到“傻子屯”采访的过程中，我很荣幸遇到了许振忠这个人，他是个纯朴的东北汉子，他的事迹令我动容。他拯救了“傻子屯”，改变了村民们的命运。

他找到了这个病根，接下来他开始游说各方，如何改水问题。游说了8年呐！我记得在书中写过“小树长高了，他的鞋底不知道磨破了多少双”，最后终于游说来9000块钱的改水钱。人们都欢呼。欢呼什么，欢呼我们世世代代都出傻子的水终于解决了。我记得采访的时候听到水来了，老百姓都哭啊，捧着那个水喝不够啊！他在老百姓中威信特别高，因为他是把整个生命都投入进来。这一点一般人做不到。

如今30年过去了，张雅文受《书香四十年》摄制组之邀，专程又回到了“傻子屯”。来时的张雅文路上有诸多疑问：村里的村民现在活得怎么样了？还像过去那样艰难吗？尤其是她挂念的许振忠，76岁的人了，“廉颇老矣，尚能饭否？”甚至担心他是否健在。然而我在村支部翻阅老照片时，这里的工作人员悄悄地告诉我一个消息，我简直不敢相信！许振忠他来了！

阔别了30年的老友相见，热泪盈眶，紧紧地拥抱。张雅文说：

他说，没想到我还会再来。他告诉我他后来是在县委副书记的位置上退下来的。干了一辈子了，离不开这里，孩子现在都上班了，生活得都不错。他自己也身体健硕，算是有福气。

许振忠说，联合国教科文组织、联合国儿童基金会来了。尤其是教科文组织到这儿以后在国际上发表文章，叫《在中国黑龙江发现了一个地甲病、克汀病高发村屯》，为什么说我们是天下第一傻呢？因为联合国发现整个地球上我们是最傻的。他们说不知道你们这块，人家翻译过来的。他们说那些我也听不懂，你们这整个地区是属于严重的，后来国家定了食盐加碘法。还说，她这一生都不会忘记“傻子屯”的，在这待了十多天可能也有点儿傻了。看到那些痴傻的人，她都眼泪汪汪的，还很亲切。关键是她很有同情心，要不她写的文章怎么能那么动人呢！

最后，主持人说：

从前痴傻的人满村都是到今天幸福的生活，曾经的地方病人后半生有了保障，这是“傻子屯”令人欣喜的改变。现任支部书记王喜林告诉记者，改水之后，从深井里打出来的水比一般水还优质，村里再没有出过一个痴傻的人，而且还有67名学生考上了高等学校，有的还考上了浙江大学。在幸福大院里我们看到了，当年来时遇到的一个痴傻儿童栾合文，他现在都40多岁了。谁承想他现在可是画得一手好画、写得一手好字，还获了奖。他还认得张雅文，当场挥笔为我们写下了4个大字：厚德载物。

看到曾经的“傻子屯”发生如此翻天覆地的变化，我们每个人心里都由衷地感到欢喜！

四

中国作家协会全委会委员、中国作家协会创作研究部副主任、著名作家蒋巍曾经两次来到“傻子屯”。他在2020年中国作家协会脱贫攻坚题材报告文学创作工程施行过程中，创作了长篇报告文学《国家温度》。

在这部书中，蒋巍饱含深情地以《桦川一张犁》为题目，描写了以县委书记郭广福为首的几位代表人物在脱贫攻坚过程中的感人事迹。然后，他又以《“天下第一傻”》为题，把笔锋直接伸向了苏家店镇集贤村——天下闻名的“傻子屯”。

在这里，我们也摘录几个章节，让广大关心“傻子屯”的读者了解，并借以留存。

1.“阎王爷给小鬼派活儿——专门收人”

正月十五云遮月，天黑如漆，寒风呼啸，拥挤的雪花好似凝冻在夜色中，一队鬼影似的队伍发出凄怆的呼号，举着火把走在雪野上。

领头人是大队陈支书，花白的胡子，裹一件烂棉袄，一边敲锣一边喊：“老天爷，行行好吧！”跟在他身后的数百名村民一脸畏怯，也跟着喊：“孽龙，快点走吧！”他们人手一盆洋油拌谷糠，一边走一边沿着村道撒谷糠，行到一里地之外，陈支书大叫一声：“点路灯，送孽龙！”那些举着火把的人赶紧点燃长长的谷糠堆，不多时路面腾起一条数百米的火龙。村民们匍匐在地，朝着远方磕头。

几乎每年正月十五半夜时分，桦川县集贤村都会秘密搞一次“送孽龙”活动。公社领导知道了，就装模作样批评几句，实际上根本不当回事儿。他们知道陈支书“豁出不要党票了”也要搞，因为老天爷把这个村折腾傻了也逼疯了。陈支书叫天天不灵，叫地地不应，没路可走了，也是实属无奈。

集贤村，与其说是养人的地方，不如说是埋人的地方。1938年，日本鬼子为了防备抗联游击队的活动，强行合村并屯，一把火烧光了四野的乡村，用刺刀和铁丝网把一群老百姓圈到这个原叫“东八围子”的荒甸子里，人们睡了多年的窝棚地窨。中华人民共和国成立后，这里改名集贤村。村民忙于春种秋收，拿病不当事儿。临到50年代末，乡亲们才发现这屯子有点蹊跷：日子越过越穷倒也罢了，可咱屯子的新生儿怎么尽是些傻孩子？男男女女怎么尽长大粗脖根儿呢？

……

一组浸透血泪的数据，一幅悲惨恐怖的图景，在这里汇聚成一个错乱的“黑土部落”。进村一看，大姑娘赤身裸体泡猪圈的，傻小子嘿嘿笑着啃死鸡的，七八岁孩子满地爬的，姑娘嫁不出去，小子娶不来媳妇。贫穷、呆傻、眼泪、死亡，一起在这片土地上疯长。老支书找来一个风水先生，说集贤大队村口底下埋着一条孽龙，都是他作的妖，正月十五必须给它喂谷糠将它引走。可年年送孽龙，傻子还是年年有。又有人说，村东边有一块模样像猴的大石头，坏了本村的风水。老支书一气带人把猴石抠下去了，可傻孩子照样挡不住。过年过节外面的亲戚没人敢进来的，“傻子屯”成了人人都唯恐避之不及的“孤岛”。

1970 年，老支书不干了。“傻子屯”没了领头人，就乱了。

公社领导很着急，赶紧选人。书记说，看那个初中生许振忠精神很正常，就选他吧。风声很快传出来，许振忠决定逃跑。大清早他背上行李，揣两个玉米饼，坐上大客，从县城直奔佳木斯火车站。火车站街对面有一栋壮观的黄色大楼，当时叫“黑龙江生产建设兵团司令部”。下乡一年半后我从独立一团（嘉荫农场）调到这里的秘书处。倘若天机巧合，我当时从窗口往外一望，一定能看到一个黑瘦青年农民被两个戴红袖标的民兵逮住了，这家伙就是许振忠。

许振忠垂头丧气被带回村里，公社书记早就等在那儿了。

……

鹤岗市一位亲戚来信说，他们那边又开了一个国营煤矿，正在招工，让许振忠尽快前往。没想到就在这时，公社书记把他扣下了……

许振忠和他爹一样，是个有血性的东北汉子。公社领导点名让他当大队书记，他明白这是个人的光荣和组织的信任。但是，集贤村窝着一大帮聋哑痴傻的人，健康劳动力不多。地种得稀里糊涂，亩产比外村少三分之一，领头人就是活神仙也没辙呀。他闷闷不乐回到家，一推门，呛人的烟雾中，炕上炕下坐了五六位乡亲。老支书陈大爷劈头就问：“接没接？”许振忠不吭声。老爷子长叹一声：“说实话，让你当大队书记就是俺向公社推荐的。这些年“傻子屯”就像遭了鬼神的诅咒，猴石也抠了，孽龙也送了，什么招儿都不好使啊。你好歹有点文化，还是接了吧，乡亲们就拜托你了……”

蒋巍是地道的黑龙江人，而且在距离“傻子屯”只有几十公里的佳木斯工作、生活过。他非常熟悉当地的风土人情，尤其是自幼就热心于文学的他，更善于观察身边林林总总的事物，因此，他写起“傻子屯”来，仿佛置身于其中，毕竟他曾经也是那块土地上生长起来的一株淋漓过凄风苦雨的秧苗。

2. 木橛子开花

28 岁的许振忠上任了。有几个在外乡工作的初中同学春节回家探亲，拉许振忠喝酒。酒过三巡，有个家伙喝高了，说：“振忠啊振忠，你真是聪明一世糊涂一时，当‘傻子屯’的‘傻子头儿’，就是天下‘第一傻’！你要能把‘傻子屯’整治好了，我头朝下倒着绕县城走一圈，看我现在就给你走一圈！”说着他倒立，双手撑地在屋里走了小半圈，然后咣当一声栽倒了。许振忠和同学们哈哈大笑，许振忠说：“你半圈都没走到，看来可以进我们‘傻子屯’当个‘半傻子’了！”

这以后，每逢到公社或县里开会，无论“学大寨”还是“学大庆”，许振忠不管不顾，碰上文化人就问：“同志，什么原因能让人脖子变粗大，新生的孩子可能是聋子、可能是哑巴、可能是傻子？”问得对方一愣一愣的，没人能答上。再去问县卫生科、县医院，要么答不出，要么不理他。那年的中国正忙着搞“文革”，人人火冒三丈又缩头缩脑，多一事不如少一事，谁有心思顾得上“傻子屯”呢？半年后，许振忠终于撞上一个热心人——县防疫站的周玉甫。他说：“一方水土养一方人，周围屯子都没事，就你们屯子有这个病，我看得化验一下水，不是多了什么就是少了什么。”许振忠一怔，回身就跑。第二天他就拿着从村里打出的一瓶子井水赶到佳木斯，东打听西打听地才找到地方病防治所，花钱求人家帮着化验一下。两个小时后，一位穿白大褂的长者拿着化验单出来了。他让许振忠坐下，然后耐心地解释说，你们村的水严重缺碘，正常的饮用水每升应含碘10到200微克，低于5微克就会患地方性甲状腺肿大，也就是大粗脖子。低于1微克就会发展成克汀病，也就是痴呆或者聋哑，并且骨骼变形，难于行走，完全丧失劳动能力。你们村的水每升含碘不足1微克，连牲畜都不宜饮用。

许振忠恍然大悟。几十年来的谜底终于揭开了：怪不得很多老住户第一代都长粗脖根，但智力还算正常；到了第二代、第三代就变傻变聋哑，因为缺碘越来越严重。而他没变这样，是因为小时候跟着改嫁的母亲去外地生活了数年，中学又在公社所在地住宿两年，躲过了一劫。他愣愣地瞅着瓶中剩下的发黄的半瓶水，原来就是这玩意造的孽，几十年生生喝出一个“傻子屯”！

这哪儿是水啊，分明是断魂汤啊！

许振忠问怎么办。周玉甫说：第一，打口深水井；第二，迁屯。上千人的大屯迁移是不可能了，也没地方迁。那么出路只剩一条——打深水井。可上哪找钱啊？

这以后，许振忠用复写纸写了上百份求援报告，指尖都染蓝了。然后从桦川县到佳木斯，从省会哈尔滨到中南海，能寄的都寄了。村里连8分钱邮票都买不起，只好用自家钱。每逢去县、市开会，许振忠都会拦住领导递一份，散会后便跟在领导屁股后面一个劲儿“磨叽”。年复一年，报告雪片似的撒出去，鞋子磨破一双又一双，“小傻子”

一个接一个向人间报到，没有任何反响。

1975 年，黑云压城的桦川县终于露出一角蓝天，县水利局在极为困难的条件下，给集贤村拨款 9000 元用于打井。整整奔走呼号了 4 年啊，终于看到了希望！水利局请来的钻井队开着车，拉着设备，呼啦啦地开进了村里，村民们密密匝匝地围住工地，看高高的打井架怎样擎起久违的希望。钻机突突掘进，30 米、50 米、70 米……

“许书记，抓紧转款吧，得马上去买材料……”

“别忙，9000 元马上就到！”

“我的天哪！”钻井队长一拍大腿，“这点儿钱连钻井费都不够，还要下管道，安水泵，建水塔，赶快给我停钻！”

刹那间全村一片死寂，许振忠呆若木鸡。钻机停了，就像他的呼吸停了。他死扯住队长的袖子说：“这不是打井，这是救命啊！”

队长说：“救不救命我不管，我只管打井！”

许振忠怒了，一挥手朝村民们喊：“去，把你们家的傻子都放出来！”钻井队进屯这天，许振忠怕丢人，怕吓着这些城里的小伙子，千叮万嘱让乡亲们把傻孩子圈在家里不许出门。此刻，他决定把“傻子屯”的所有苦难都摊开给钻井队看！

老乡们领着自家的大小傻子纷纷出来了。赤身裸体的，七扭八歪的，哇哇叫着比画手的……天底下最惨的一幕！

钻井队员们惊呆了。他们走南闯北，从没见过这样的畸形生命和人间悲剧！

队长震撼了。“行啊，就这 9000 块钱吧。”他喑哑着说，“我们负责把井打好，把管子下去，欠款不要了。不过买水泵、建水塔，你们还得找上头要钱。”

水管打下去了，钻井队撤走了。许振忠所能做的，就是将一根木橛子插在管口上。为防止堵塞，他撮了一堆土把木橛埋上。是夜，他在土堆旁坐了很久很久，像守着一座亲骨肉的坟冢，心里泛起无尽的悲凉。

“傻子屯”的活路就在这木橛子底下。他还得奔走、呼吁、要钱！不死的黑土地，铸就了一颗不死的魂灵。他又跑了3年喊了3年，没有反应。

……

经过许振忠长达8年的奔走呼号，1979年9月8日，集贤村深水井终于建成。

……

那根木橛终于开出了灿烂的水花。荒诞不经的历史上，站起一个亮闪闪的希望。许振忠完全没有想到，他和集贤村为全国人民做出了一项重大贡献。因为集贤村的惨痛教训，后来国务院有关部门做出了一项规定，所有进入市场的食盐必须适量加碘。

上面的章节里，蒋巍比较细致地描述了李德生将军关注集贤村的一些细节，因为我们在前面写过，这里就不再赘述了。读过前面几章文字的读者和了解集贤村前后经历的人们一定会想到，蒋巍写到这里，接下来就一定是兴办育智班，改变那些痴傻儿童命运的故事了。不错，这就是事物发展的必然逻辑。不仅是蒋巍，张雅文也是按着这样的顺序写的。当然，还有许多写过或者报道过集贤村的作家、记者。但是，由于角度不同、看法不同、素材的来源不同，每篇文章都会或多或少地存在差异，都会有别人未曾描述出来的细节。

因此，我们感觉仍然有必要把蒋巍不同于别人的文字部分呈现给广大读者。

3. “上帝的笔误”

好水有了，可79个痴傻儿童怎么办？总不能眼睁睁地看着他们混吃等死啊。他们不能正常生长，不能上学读书，不能自食其力，成为家庭负担，也成为集贤村沉重的压力。有一天许振忠听说国外有办“智障教育”的，他心里一动，太好了！村里完全可以办一个育智班，一方面请县里派医疗队对傻孩子进行治疗，一方面请老师教他们读书识字，学一些自食其力的本事，基础下的面貌就一定会有很大的改观。许振忠很兴奋，村里村外到处请老师，结果可想而知，每扇门都摔得咣咣响。

没出路了，他想到了妻子宁桂珍。

写到这儿，蒋巍透露了一个许振忠很少讲过的细节：

宁桂珍的家是从外地来的，她毕业于佳木斯师范学校。她本可以留在市内工作，但因为她上头死了5个男孩，姐姐又出嫁了，母亲逼着唯一的心肝宝贝回村里的小学当了老师。当时桂珍家闲着半间草房，身为孤儿的许振忠长大了，长年在伯父家住着不方便。桂珍家里没男孩，母亲见许振忠忠厚老实，干活勤快，又有文化，便自作主张让许振忠当了上门女婿。这是一种双赢选择：宁家多了一个壮劳力，许振忠娶了个好媳妇。

也许就因为这样，一直恩爱有加的夫妻俩有了一种“夫唱妇随”的意思，因此，当许振忠动员妻子到育智班去的时候，尽管宁桂珍十分清楚那帮痴傻儿童是绝对不好带的，进到那里，就无疑等于陷进了痛苦、凄惨的深渊并难以自拔。但在许振忠的真诚打动下，她不仅答应了，后来还搭上了自己的女儿。

宁桂珍是个明事理的人。1979 年，一个智障孩子育智班办起来了。它肯定是全国农村地区第一个。每天早晨，家长把自家的痴傻儿童连唬带蒙地送过来。最小的 9 岁，最大的 17 岁，个个流个大鼻涕，衣衫破烂不整，3 分钟都坐不住，时不时地就会滚成一团。一会儿这个尿了，一会儿那个拉了。铅笔使劲扎进自己的腿里还呵呵笑，动不动扯开裤子向女生抖露动物性的本能……

为了让这帮痴傻的孩子能够记住一个字或一个动作，必须千百次地重复。仅仅为了让他们记住门外厕所的位置，母女俩拽他们进去都不知道多少次了，帮着解裤带、擦屁股、擦裤子。要他们记住 1、2、3，娘俩连说带写，手把手教上几百遍上千遍，累得口干舌燥，胳膊都抬不起来了。与此同时，每天还要给他们梳头、洗脸、一天喂 3 次药，要亲眼看着他们把药咽下去。冬天来了，外面滴水成冰，母女俩还要关注他们别冻伤，为他们缝补棉衣棉裤——因为傻孩子根本就不知冷热……

日复一日，年复一年，娘俩成了痴傻儿童中亲密无间的一员，懂得了他们的手势，学会了他们含糊不清的语言和特殊的情感表达方式。爱是一种伟大而神奇的力量，在痴傻的人心中也能唤起同样的反应。为育智班上山打柴，几个痴傻孩子不许宁老师干活儿，一窝蜂把她压在身下，差点把她憋昏过去。小凤外出开会两天，痴傻孩子们在路口盼了两天。等她下了车，痴傻孩子们欢叫着围上来，十几只手把攥了两天的糖块硬塞进她嘴里……

大部分智障与生俱来，犹如上帝的笔误，好好的孩子尚未设计好就落到了人间。母女俩辛辛苦苦干了6年，育智班的很多的痴傻孩子被改变了。

……

全国召开特殊教育先进工作者表彰大会，宁桂珍迎着海潮般的掌声登上领奖台。

不用多想，蒋巍的《天下第一傻》最后一节，肯定要写集贤村在治穷致富的路上是如何打好那个翻身仗的。按说，要写好集贤村是怎样走上脱贫的道路，绝不是短短的篇幅就能够完成的。然而，蒋巍并没有从许振忠开始兴办砖窑一点点地娓娓道来，而是画龙点睛地提纲挈领，描述了集贤村从穷到富的整个过程。

4. 雄起集贤村

治水完成了，治愚正在进行，治穷应该大张旗鼓开干了。

1981年，许振忠领着村民干得汗水直流，全村却倒动了30万斤返销粮，10个工分分值只有4分钱。那时的安徽、四川等有些农村地区真能够热火朝天地开展家庭承包，分田到户，但政界、思想界政论很多，黑龙江省迟迟未动。集贤村到底怎么搞？能不能闯出一条治穷的路子？许振忠这些年走南闯北，眼界开阔了。他对村民说，咱们忙一年连公粮都交不上，还得靠国家救济，看来单靠种粮翻不了身了。他提议办工业，通过贷款和集资20万元办了个砖厂。他说现在搞改革开放，日子越来越好了，以后老百姓扒草房盖砖房的越来越多，红砖一定好销。

集贤村的人历来很少出门，农忙时下地干活，农闲时揣着袄袖子蹲墙根晒太阳，主要是人人拖着一个粗脖根怕丢脸，外加不识字看不懂路牌，他们不知道中国正在发生巨变。听许振忠说要贷款、集资20万元，这对他们来说简直是一座顶不起来的大山！所有的村干部都强烈反对，怕手里仅剩的一点余钱都赔进去，赞成的只有许振忠自己。许振忠只好到老支书家里："算你一个！当初是你推荐我当大队书记的，你就得支持我！"老支书说："那也只是占了百分之二。"

许振忠说："你再动员儿子女儿进来，我再拉两户进来，这就6个了。你放心，赔了拿我祭窑！"

就这样，通过"滚雪球"的方式，乡亲们准备给孩子结婚的钱，准备修房的钱，准备过年过节走亲戚的钱，全集上来了。银行贷款到位后开始动工建窑，没钱发劳务费，党员带头组织了一个"白干队"。

……

180天后，雄伟的24孔砖窑拔地而起，当年盈利13万元。

过后，许振忠又借势生力，创办了"傻子酒厂"。他亲自拟定的广告词是"天下第一傻，贵在不掺假。""傻得实，傻得帅，傻向人间都是爱！"因为集贤村致傻的事迹传遍天下，再加上广告词写得好，"傻子白酒"很快就风行大江南北，集贤村经济状况大幅跃升，成为桦川县"脱贫致富第一村"。1988年，55岁的许振忠被提拔为县委副书记，他穿着农田鞋到办公楼坐了几天，除了开会就是看文件。他很不习惯，一个农民不干活儿不接地气，这哪儿行？脚都捂臭了。没过10天，许振忠挂印封金不辞而别，又回到集贤村。县委书记几次打电话催他回去上班，许振忠说，你们定吧，啥事我都赞成。电话来多了，许振忠干脆就不接了。

接下来，蒋巍简要地介绍了一下集贤村发生的巨大变化，尔后，用他发自内心的一句话，结束了他关于与集贤村的这个篇章：

我感慨万千，从“傻子屯”到集贤村——终于名至实归！

蒋巍还在题为《桦川一张犁》的文章中的《英雄不问出处》章节里写到了关于集贤村和许振忠的事迹。他在文章中说，一切源于英雄的基因、初心的基因、传统美德的基因。早在20世纪80年代，桦川就站起一个名闻全国的治贫英雄——集贤村党支部书记许振忠。

第七章　行走在铺满鲜花和掌声的路上

一

据《桦川县志》载：

1984年5月14日县委发出《关于向许振忠同志学习的决定》。许振忠是地甲病重患区苏家店乡集贤村的党支部书记，党和国家帮助集贤村治愈地甲病后，他带领全村改变了贫穷落后的面貌。县委号召全县广大党员和群众，以他为榜样，为建设桦川、振兴桦川做出新贡献。

据《桦川县志》载：

1989年10月10日中共桦川县委、桦川县人民政府做出《关于开展向全国劳动模范许振忠同志学习的决定》。许振忠同志是桦川县苏家店镇集贤村党支部书记。由于该村患有克汀病、地方性甲状腺肿大病症的有100多人，成了远近闻名的“傻子屯”。这些病人失去了劳动能力，有的一家有2个或2个以上病患，生活极度困难，苦不堪言。许振忠上任后，带领全村人民改水治病，“治病根”“拔穷根”“扎富根”，先后办起了砖厂、“傻子”酒厂、工艺美术厂、玻璃瓶厂、育智班，带领全村人民走上了富裕道路。县委、县政府决定号召全县共产党员和基层干部学习许振忠同志坚忍不拔的毅力，全心全意为人民服务的精神，扎实的工作作风，带领群众致富的勇气。

也是《桦川县志》，在乡镇企业的章节中的主要企业里列入3个企业，第一个就是傻邦集团公司。

条目里记载——

1986年，桦川县苏家店镇集贤村党支部书记许振忠，为改变长期受“地甲病”“克汀病”困扰和贫穷落后面貌，打深水井改水治病后，提出了“挖病根、拔穷根、扎富根”的目标。同年9月，傻邦集团公司成立。傻邦集团公司位于桦川县苏家店镇集贤村西部工业园区内，总占地面积2.5万平方米，建筑面积2300平方米，隶属于桦川县乡镇企业管理局。公司设办公室、财会室、生产科、销售科、原料科、汽车队。公司有制糊车间、粉碎车间、发酵车间、仓储库、制酒车间。有制酒设备32台（套），固定资产原值585万元，公司人数最多时288名。公司以“天下第一傻”的“傻”牌白酒为商标，聘请四川宜宾五粮液酿酒厂高级调酒师，利用五粮液酒基调制生产“傻子”“感情”“天下第一傻”“傻妹”“三粮液”等品牌白酒。生产能力不断扩大。至1988年，已累计生产瓶装系列白酒15000吨。产品销往哈尔滨、长春、沈阳、北京。同年，以村党支部书记许振忠为原型的《“傻子屯”的故事》开拍，并成为全国党员理想、信念教育的电化教材。1994年3月24日《佳木斯日报》在头版头条以《村办企业的“小鱼”，吞掉了国有企业的“大鱼”》，报道了傻邦集团公司兼并国有企业桦川县制酒厂的事儿，开改革先河。1999 年该厂生产的“傻子”牌白酒精装、普装两种均获黑龙江省乡镇企业 20 年成果展销会优秀产品奖。至 2005 年，已累计生产各种酒类 11.8 万吨，实现产值 1.35 亿元，上缴税金 6500 万元。

傻邦集团公司又先后兴办了制砖厂、制瓶厂、涂料厂、果树园艺场、矿泉水厂、木制品厂等企业。尤其是制瓶厂，把本村有劳动能力的智障青年安排到制瓶厂工作，月工资收入同正常人相同，使智障青年实现了自己养活自己的目标。集贤村因大力兴办乡镇企业，农民收入由不足百元，上升到 2005 年的人均收入 6800 元，实现了共同富裕的目标。

在 2016 年版的《桦川县志》“人物”一编的第三节“国家、（部）省级劳动模范事迹选录”中，一共选进 4 人，而许振忠则排在第一位。因为县志是一个县域最为经典的史料，若干年后，它也将作为珍贵的文献为一个地方的历史做着不容篡改的佐证。因此，在这里，我们不妨全文录下关于许振忠的这一条目：

挖病根打井改水

1942 年 6 月，许振忠出生在桦川县苏家店镇集贤村。集贤村，多么动听的名字！然而，历史却在这里开了一个大大的玩笑。曾几何时，人们早已忘记了集贤这个美好的称谓，取而代之的是令人心酸的“傻子屯”。“痴呆傻苶满街走，哑巴说话比画手，大美人不知道丑，大气瘰像个柳罐斗。”“一代蔫，二代憨，三代四代断香烟。”都是对当时集贤村受地甲病、克汀病困扰的真实写照。1969 年，许振忠在集贤大队副大队长的任上，加入了中国共产党。1971 年，28 岁的许振忠被推选为集贤大队党支部书记。眼看着痴傻儿童越生越多，生产上的劳动力年年都在减少，要是治不住这种傻病，那还得了。许振忠怀疑是饮用水可能出问题了，找到县卫生防疫站大夫周玉甫，把自己的想法说了。周玉甫告诉许振忠，集贤村位于松花江故道，水质可能真的有问题，应当化验一下。化验结果：集贤村饮用水每升含碘量不足1微克（正常饮用水每升含碘量10~200微克，每升低于5微克出粗脖根，每升低于1微克患克汀病）。许振忠拿这张化验单看了又看，凝视了很久。几十年了，乡亲们喝的竟然是连牲畜都不宜饮用的地表水。难怪这么多年妇女们生了那么多痴傻孩子。

病根找到了，但更大的难题却摆在了许振忠面前。要治病就必须先治水，治水就要打深水井，可集贤村一无所有，上哪儿弄钱打井改水呀？许振忠想过村子搬迁，可谈何容易，不光乡亲们故土难离思想难以打破，搬迁村子也需要一大笔钱。许振忠听说泉水含碘量高，就跑遍山野找泉眼，可哪里又有山泉呢？在许振忠无计可施的时候，他听说国家对地方病防治有些专项投资。许振忠连夜把集贤村的情况复写了十几份，向有关单位投送。此后，许振忠三天两头跑公社、跑县里，不知跑了多长时间，去县城路两旁的小树长高了、长粗了、长壮了……功夫不负有心人，1975年，许振忠在线水利科跑来9000元改水费。这9000元成了集贤村的救命钱。许振忠从佳木斯请来了打井队，开钻了，钻杆一米一米地向地层深处延伸。“许振忠，物资准备好了吗？”打井队长试探着问。“物资，我们有9000元钱！”钻井队长说：“9000块？开玩笑吧，钻孔费100米就是15000块，你还下不下井管子？买不买水泵？建不建水塔？”

97米深，钻机停钻了。许振忠到县城求救。在那“史无前例”的日子里，没人答应，没人买账。许振忠领一帮痴傻孩子来到钻井队面前。钻井队长感动了，只收取9000元，其余8000元不要了。打井队的人走了，井封了。人们的希望又成为失望。在一片大呼小叫的斥责声中。许振忠坚定自己的信念，不改变这一方水土，绝不罢休！

1978年夏天，合江地区发生严重干旱，中共黑龙江省委国防科学工业局派员来桦川县苏家店公社支援抗旱。机会正好跟着许振忠的信念一样到来了。许振忠找到桦川县抗旱工作小组组长迟学志，详细汇报了集贤村目前的病情。迟学志处长听完许振忠的汇报后眼睛湿润了，很动情地说：“没想到，解放30多年了，还有这么苦难的村庄。请你写份材料，我负责向省委反映！”20天后，许振忠的报告送到中共黑龙江省委书记李力安的案头。李书记看完这份报告后，马上批示：“请桦川县委，合江地委掀起解决集贤村吃水问题。”又进一步指示：“拨些碘盐去。”

与此同时，中共中央政治局委员、中央地方病领导小组组长、沈阳军区司令员李德生也接到了来自集贤村的报告。

1978年8月5日，李德生司令员乘飞机到达佳木斯。在机场休息室里，他心情沉重地询问了合江地区负责人：“你们桦川县集贤村地方病很严重，你们知不知道？国家拨给这个村的深水泵为什么调给县自来水公司？是谁决定的？这还有什么无产阶级感情呀！一家有一个病人就不得了，有两个、三个人不能劳动，日子怎么个过法！”李德生的声音颤抖了：“我们对人民的疾苦、健康不顾，那还算什么共产党员呀！”语重心长的话语，说得合江地委负责人低下了头。

在中央和省委的直接关怀下，一支向病区集贤大队进军的队伍很快组成。中央地方病防治领导小组派出干部来到集贤大队，挨家挨户嘘寒问暖。哈尔滨、天津、佳木斯各大医院的地甲病攻关研究人员陆续赶到。深水泵、自来水管运进了大队，安装工人也来了……然而，这一切都来自一位共产党员的呼唤。

在这场改水治病的战斗中，桦川县党政机关、各行各业更是冲在前面。县卫生科派来了医疗队，县粮食部门紧急调动了大批碘盐。许振忠废寝忘食战斗在第一线。全大队安装了 40 个水点，掘地深 2.7 米，长 3800 多延长米，还得建水塔。许振忠既是指挥员又是战斗员。有时许振忠一天就吃一顿饭。过度的疲劳使许振忠患上了肝炎，全身浮肿，却一声不吭继续工作。此时许振忠的大儿子受伤住院，找了 4 次，许振忠才赶到县医院，安慰孩子几句就又返回工地。1979 年 9 月 8 日，经过十几个昼夜的奋战，一座深 98 米的深水井和高 10 米、可蓄水 42 吨的水塔建成了。许振忠的眼里闪着泪花，用颤抖的双手打开水龙头，顿时，一股股清澈似甘泉的水涌向家家户户。“吃水不忘挖井人”，集贤大队广大社员为表达对党的感激之情，委托许振忠作为代表写下了“感谢党赐甘露水，病乡枯木喜逢春”“以功报德”的对联。集贤大队还把 9 月 8 日这天定为“改水节”，让子孙后代永世不忘。

增智力治病救人

许振忠改水的同时，为了尽快医治病患，采取三项补救措施。一是改变饮用水，即在自来水没入户前，采用“双缸、沙石过滤水加碘，解决饮用水质问题”。二是综合性预防。许振忠和村干部组织社员群众在全大队范围内大搞爱国卫生运动，做到牲畜有圈、清除垃圾、植树绿化、修建公厕。在许振忠的带领下，全大队共清除垃圾 2000 多吨，植树6万余株，建公厕12座。三是药物治疗。在治疗过程中，许振忠配合医疗队，经常走街串巷挨户送药。为达到治疗效果，采用口服、外用涂抹、肌肉注射和手术治疗等方式进行普遍治疗。对口服碘化钾片的患者，采取“送药到户，投药到人”。对重点患者采取“给药到手，服药到口，咽下再走”的措施。对同时采取碘醇、二甲基亚汞患处涂抹的32名患者，许振忠设专职投药员，挨门挨户送药，使医疗从不间断。对较重的78名病患采取碘油和消瘰液。对3名病情严重者，采取手术治疗。在许振忠的努力下，经过8年的治疗，集贤村那种“粗脖根人人有，大气瘰像个柳罐斗”的现象一去不复返了。

改水治病取得初步效果后，许振忠又有了把智障人集中起来育智，开发其潜能，争取让他们也能够成为自食其力的劳动者的打算。许振忠的想法在支部会上提出来后，不少人都直摇头。“这些人连生活都不能自理，父母都不愿意管，谁愿意教哇！”许振忠理解支委们的想法，主动提出让自己的爱人宁桂珍去教。宁桂珍20世纪60年代毕业于佳木斯师范学校，在集贤村小学任教。许振忠当上大队支部书记以后，宁桂珍既要教学，又要承担起全部家务。听说要让自己去教那些生活不能自理的智障孩子，话没说一句，眼泪却

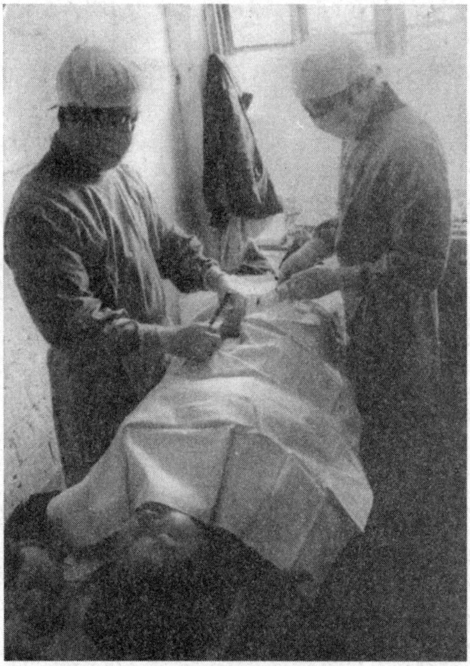

病患者在接受治疗

先流了出来。许振忠看出来爱人的心思，长叹一声说："桂珍，真的难为你了，你想想，吃苦的事儿我们不干谁干！人家都叫我'傻子头'，你就当个'傻孩子头'吧！"宁桂珍哭着说："这些年，你在外面没日没夜地忙，10 口人的担子都压在我的身上，现在又弄这么多痴傻孩子让我教，你这不是坑我吗？""桂珍，我知道你很辛苦，可那些痴傻孩子要是咱家也摊上一个怎么办？又不能掐死、弄死，多难心……"宁桂珍不再言语，心里明白即使说得再多也是白说。丈夫许振忠为了集贤村的事业，什么都能豁得出去。

从此，宁桂珍放弃了小学教师职务。每天早晨 4 点起床，把家人安顿好后，就到智障孩子家中一个一个地"请"。教室成了智障孩子的新天地。"请"来的智障儿汇集一起，吱哇乱叫，将桌子拱得人仰马翻，有的鼻涕"过河"，有的大小便便到裤裆里……宁桂珍的心里乱极了，后悔嫁给许振忠这个只要痴傻孩子，不要也不心疼老婆的人。埋怨归埋怨，为了给丈夫分忧，宁桂珍坚持下来了。宁桂珍每天来到教室的第一件事就是先给智障孩子洗脸梳头、抓虱子、擦鼻涕、擦屎、洗裤子，一切收拾完了才开始上课。全都从头开始，像对待刚会走路的孩子一样，教发音、说话、上厕所、擦屁股。有时候一连 10 天只教一个发音，一连 20 天只画一道横，一连一个月数着 3 个数。没有深厚的感情、责任和爱心是难以做到的。

另一个育智班请到的跛腿青年死活不干了。许振忠一连找了两个老师，都不干。临走时给许振忠扔下一句话："我宁可去养猪，发展畜牧业……"请不到教师，许振忠心急如焚。最后，许振忠又想到了女儿许云凤……没等许振忠把话说完，宁桂珍被彻底激怒了。不顾一切地冲着许振忠大喊起来："你不能让孩子再跳进火坑，坑了我不要紧，我认，你还要再搭上一个，你的心咋就这么狠！”许振忠也控制不住了冲爱人吼道：“你以为我忍心让孩子去吗？一个19岁的大姑娘，那是什么好地方？我也是没有办法呀！”

“不，我不干！”在村小学教学的许云凤坚决不同意。“集贤村咱家包啦，你当‘大傻子头’，我妈当‘小傻子头’，这还不够，还要拉上我凑数。咱家哪辈子欠集贤村的债啦！你看看我妈都熬成啥样啦！”许振忠不由得看一眼脸色蜡黄、双眼痴勾勾的爱人，突然感到发自内心的酸楚。许振忠觉得腿发软，手发抖，肝部剧痛，两眼发黑，站不稳了。许云凤慌忙扶住父亲。就在这一瞬间，许云凤的心软了，后悔和父亲抗争，答应了许振忠的安排。有人说许振忠傻劲儿十足、傻得可爱，为了集贤村，不但豁出了自己，还搭上了老婆、孩子，这话也没夸张。

母女俩接过这项特殊使命后，无时无刻不在征服这片荒漠。精诚所至，金石为开。几度寒暑的努力，这批智障孩子的智力普遍有了提高。其中26名能认写1000个左右汉字，会作4位数的加减法，进了正规小学继续学习。有的后来升入初中或进县特殊教育中心学习，成为自食其力的劳动者。育智班的成果引起了国内外有关人士的极大关注。先后有5个国家的专家、学者到育智班考察。合众国际社的记者访问育智班后报道称：“集贤村向医学挑战，是一个奇迹！”李德生同志专程来到集贤村看望育智班的孩子后赞扬说：“你们用辛勤的汗水，把小铁树浇开了花！”李德生深情地握着许振忠的手说：“你取得了很大的成绩，你有功啊！我们党的干部，就是要为人民服务。”

走致富路亦工亦农

俗话说：“庄稼人以种粮为本。”许振忠对集贤大队400多公顷十年九不收的低洼易涝地始终挂记在心。他认为要想叫社员吃饱饭必须先治涝。许振忠和大队干部商量，决定挖一条排水渠，筑一条大堤拦住山上下来的雨水。经过一个多月的奋战，修建了一条长 3000 米的排水渠，筑起了一道 3000 米长、底宽 7.5 米、顶宽 3 米、高 1.5 米的拦水坝。1982 年，这两条水渠发挥了效益。全大队粮食总产达到 130 万斤，比上年增加了 121 万斤，不但没吃返销粮，还向国家交售商品粮 25 万斤，农民人均收入猛增到 223 元，是 1981 年的 5 倍。许振忠拔穷根迈出了可喜的一步。

集贤村的村民在耕种

排除内涝后，许振忠认为农业尤其是粮食生产稳定了，但要拔掉穷根，光靠种这么一点儿地有些收入是不行的，还不许大上副业。许振忠反复琢磨，看大队道边上涂层挺厚，还是清一色的黄黏土，这要是能办起一个砖厂有可能赚上不少钱。许振忠要办砖厂的事情传播出去以后，社员们赞成的、不赞成的兼而有之，褒贬不一。许振忠知道，要想办成一件事，开头总会有人反对，这里最重要的不是用口头排除非议，而是用事实教育，征服这些反对的人。许振忠的决定得到了县农业银行行长的支持，行长给许振忠一次贷款5万元。许振忠请来行家当砖厂筹备组组长，动员妇女打草帘子苫砖胚子。就在许振忠为建设砖厂日夜操劳时，上级某领导在大会上点名了："现在有人忘乎所以了，本该10年以后干的事，今天就干，指定会受到实践的惩罚……"许振忠听后苦笑道："惩罚算什么？砖厂出砖那天，让我祭窑我都干！"许振忠不为所动，仍然奋战不已。

没有设备，许振忠带领电工到佳木斯市废品收购站去淘宝，找到有用的零件后进行拆卸。看废品的妇女不解地问："拆它干啥，能省下几个钱？""我们没有钱！""没有钱还办砖厂？买破烂都买不起！啧啧……"电工小伙子羞得满面通红。许振忠理直气壮地接过话茬儿："要寒碜就寒碜我，我是书记！"

没有人砌烟囱，许振忠找到在外地当瓦工的外甥，小伙子不干，许振忠以舅舅的权威，硬逼着外甥砌完了烟囱。当砖窑砌到一半的时候，红砖用光了，没钱买。听说半个窑也能开烧的消息后，许振忠乐了，大胆地点火边烧红砖边砌窑，边砌边烧。为了按期完成砖窑的建设，许振忠把命都豁出去了，眼睛熬得通红，肝区疼痛。有一天半夜回家被砖头绊了一跤，竟然趴在地上睡着了。过度的疲劳，许振忠经常累倒在工地上，醒来时，仍然坚持劳动。大家见许振忠眼睛肿成一条缝，硬是把他弄上车拉到县医院，一检查尿常规4个"+"号。院长强迫许振忠住院治疗，许振忠想到砖厂就想点火，悄悄地从医院里逃回大队，院长气得开着救护车追，可许振忠硬是倔着不回医院。

半年后，一座24孔轮窑终于建成。当年生产红砖500万块，盈

集贤砖厂

利 12.7 万元，全大队人均收入增长到 303 元，成为全公社收入最高的大队。当时，全镇只有一台电视，而集贤大队社员一次就从市里抱回 18 台。

许振忠的心血化为硕果，集贤村开始扬眉吐气，集贤村的事迹被到处传诵。中共合江地委发出号召向许振忠学习，向集贤村学习。地委书记在全地区大会上提出：“智力有问题的人都能办到，为什么好人办不到！”

1983 年 7 月 1 日，集贤村砖厂建设投产一周年之际，许振忠却再也支撑不下去了。他浑身肿得发亮，眼睛睁不开，鞋穿不上，饭吃不下去，走不了路，呼吸困难。医生诊断许振忠患了多年的肾小球肾炎急性发作，肝炎、关节炎、胃病等一齐袭来，病情相当严重。当人们把许振忠搀扶到车上时，许振忠请求司机绕砖窑一周以示告别，反复叮嘱刘厂长：“新砖机刚安上……我走后你要把……”在医院里，许振忠坚持住院费自理，医生开贵重药品许振忠不肯用给退了回去。同室病友一天吃饭花 8 角钱，许振忠和陪护的女儿两人一天吃饭花 7 角钱。大夫说：“你这个‘傻子头’，天天老喝白菜汤，病能好吗？”一席话说得女儿小凤直掉眼泪。人躺在床上，心却在村里，每次村里来人探望，许振忠都打听砖厂的情况。外面下雪了，许振忠惦记那些智障孩子穿没穿上棉衣服……

1984 年 2 月，许振忠以顽强的毅力，奇迹般地战胜了病魔，回到了日夜思念的集贤村。人虽然出院了，但病情却并没有全面好转。大夫对许振忠说：“不是吓唬你，你的肝、肾毛病都不轻，以后要少干活、少劳累，保持好了能活个十年八年的，别再拿自己的身体不当回事了。”面对大夫的忠告，许振忠选择的还是集贤村的发展蓝图：“要把村办企业巩固起来，把商品粮基地建设起来，再把村民的住宅、村容村貌改善一下……到那时候，就是死了也没什么遗憾了。”

几年后，许振忠用带病的身躯实现了诺言。在种植业上，许振忠开展了土地向种田能手转移、大规模承包的改革，把全村 488 公顷土地集中到 24 户农民手中，使全村 85 名劳动力转移到村办企业中。全村从事村办企业的人由原来的 190 名增加到 400 多名，进一步促进了生产力的发展。村办企业又新建了建筑材料装饰厂、树脂板厂、包装器材厂、玻璃家具厂 4 个工厂。1987 年，集贤村工业总产值 324 万元，全村人均收入达到 917 元。许振忠经常对别人说：“我赞成人民的好医生李月华的一句话：‘革命的本钱就要值得花在革命上，不然，身体再好又有什么价值？’”英雄学英雄，李月华的话却变成了许振忠的实际行动。一次，包装器材厂的烟道突然堵塞，熔化炉被迫立即停火，许振忠立即赶到现场。玻璃液体的温度 1000 多摄氏度，要想检修必须停产 72 小时，不然是难以靠近的。为了不影响生产，许振忠冒着生命危险，第一个钻进烟道。烟道里热得喘不

1985 年，在许振忠的领导下，集贤村建起了涂料厂

上气来，胶鞋底烫化了，衣服烤出了大窟窿。“不好了，许书记昏倒了！”有人大喊一声，工人们慌忙把许振忠抬出来。许振忠苏醒后，不听大家的劝阻，硬是带领工人们拼了 36 小时，完成了半个月的工作量。在场的河北技术员感叹地说：“俺算是开了眼了，俺干这行 30 多年，还没见过像老许这样干事的人。”县里一位老干部评价许振忠：“为了集贤村，舍命忘自身，苦了一个人，幸福全村人。”1989 年，许振忠被评为全国劳动模范。

奔小康扩大企业经营

1990 年，市场出现疲软，产品滞销，包装器材厂积压了 100 多万元的货物，外欠贷款 100 多万元，流动资金压死了，厂子被迫停产，160 多名工人全部放假。许振忠急得彻夜难眠，满嘴起泡。为摆脱目前的困境，许振忠决定临时办个小酒坊，酿造白酒出售，以缓解经济困难。刚建酒坊时，困难很大。许振忠动员每位党员、干部拿 20 根钉子、2 麻袋玉米，出 10 个义务工挖酒窖子。几天以后，一座简易的小酒坊终于建成。在生产前，许振忠一再叮嘱工人：“咱们虽然办的是小酒坊，可产品质量一定要上去，酒中不许掺兑酒精、香料什么的，一定要用纯粮酿造，清蒸清烧。”酒坊用水，就是取自那眼近百米深的机井水。

“二傻子酒”

“有志者事竟成。”许振忠带头创办的小酒坊，这一天终于飘出了玉米酒的芳香。从城里请来的酿酒师傅激动地说：“我烧了一辈子的酒，从来没遇到这么好的水，你们看这酒流得有多么长！”许振忠也按捺不住喜悦的心情，仿佛看到了酒坊未来的发展前景，坚信自己的脚步并没有迈错。兴奋之余，许振忠意味深长地给玉米酒取了个“傻子白”的名字，并注册了“天下第一傻”的商标。集贤村最大的特点就是实在。几个月过后，小小集贤村酿造的“傻子白”以其纯粮制作不掺假的优势赢得了市场。在桦川县乃至佳木斯附近市、县的许多饭店，常有顾客进门便问：“有‘傻子白’吗？”若是没有，扭头就走。

一次，日本高知医科大学教授原弘到集贤村访问。席间，原弘喝了几盅“傻子白”，便热情洋溢地写下了一副条幅：“集贤村谨制傻子酒，天下第一绝品也。”临行时，这位六旬开外的教授还特意带回几瓶，说回日本送给老校长品尝。

昔日谈水色变的集贤村人，怎么也不会想到，如今却靠水发了财。他们在世代感谢党赐甘露水的同时，也终生难忘他们的集贤村好带头人许振忠。

俗话说：“好事不怕多磨。”1992 年 11 月，集贤村的机井水样被送到国家地质矿产部进行化验分析，结果确认：集贤村饮用水系深层岩隙水，含有丰富的微量元素，如锶、硅、氟、锰、锌等十几种元素。其中锶的含量达到国家矿泉水的标准。许振忠拿着水质化验单陷入了沉思。过去集贤村人痴傻在水上，现在集贤村人精也在水上、富在水上。很快，许振忠带领全村人成立了“傻子屯”矿泉水开发有限公司，引入先进的生产技术。1993 年 8 月，生产佛蒙特牌瓶装饮料。此饮料充分利用矿泉水的优势，配以橘子汁、菠萝汁等，不含任何色素、添加剂，饮用起来清凉爽口，供不应求。许振忠还要扩大生产规模，再上一体机易拉罐生产线，围绕“水”的优势，大作“水”的文章，发好“水”财。

1993 年 9 月，许振忠在桦川县又爆出了冷门：“傻子酒厂”出资 100 万元，买下了固定资产只有 87 万元、203 名职工（退休职工 36 名）、有着 30 多年历史的国有企业桦川县制酒厂，使其一夜之间变成了村办企业的第三车间。《黑龙江日报》《佳木斯日报》等媒体以《村办企业的“小鱼”吞掉了国营企业的“大鱼”》为题进行报道，掀起了一场“小鱼吃大鱼”的讨论。第三车间生产后，每天从集贤村拉 10~15 吨矿泉水，生产市场热销的“傻子酒”。为拓宽市场，提高“傻子酒”的知名度，许振忠花费 28 万元为产品做广告。1991 年，许振忠进京为“傻子酒”注册“傻”“天下第一傻”等 15 个系列商标。后来，许振忠又两次进京，注册了米酒、咖啡、果汁等“傻”系列商标。深圳市特利来经贸公司的总经理来到集贤村，要花 100 万元买断“天下第一傻”商标。还有省内外 4 个乡镇企业酒厂厂长，想借“傻子”商标销售自家的酒，并对许振忠许诺高额回报，许振忠毫不动心。如今“傻子酒”已获全国星火计划成果展金奖，黑龙江省“福克杯”金奖。

山重水复疑无路，柳暗花明又一村。在“傻子头”许振忠的带领下，“傻子屯”已今非昔比。几百户人家的村庄，已经拥有固定资产 880 多万元、人均纯收入 1200 元，由过去的贫困村一跃成为全县的富裕村。一排排新砖房，一家家村办工厂，B 超、X 光机、心电机、无影灯等医疗设备在村级医院落户。安装了 40 门可直播全国的程控电话、有限电视户户通……许振忠把集贤村几代人追逐的梦想变成了现实。

“身多疾病思田里，邑有流亡愧俸钱。”这是许振忠常说的一句话。许振忠把全部身心的深情厚爱都奉献给了集贤村的父老乡亲，集贤村离不开许振忠，社会呼唤着许振忠，人们喜欢许振忠式的“傻子”，中国永远需要千千万万个许振忠……

二

名至实归，许振忠相继获得了多种荣誉称号：全国优秀共产党员，全国人大代表，全国劳动模范，黑龙江省特级劳动模范和佳木斯市、桦川县劳动模范，还是党的十大代表等。1989 年 10 月 1 日，中华人民共和国成立 40 周年，许振忠作为全国劳动模范登上了天安门城楼参加国庆观礼活动，受到中央领导的接见。

中共黑龙江省委、佳木斯市委以及桦川县委多次发文《向全国优秀共产党员许振忠学习的决定》，号召全省、全市、全县共产党员向许振忠同志学习。

1991 年，许振忠当选县人大常委会副主任，1996 年任县委副书记。

许振忠成了远近闻名的名人！

用许振忠的话说，他从来就没把那些荣誉当成资本，反而看作一种责任，甚至是一种负担。荣誉越高，责任越大，负担越重。

许振忠常常在无眠的夜里，一个人绕着村子缓缓地挪动着脚步。面对这个令他又爱又恨的村子的万家灯火，他一遍遍思谋着以前村子的模样和现在经历的种种以及怎样让村子更好。总结昨天的得失，瞻望明天的愿景，心里总有着一种说不出来的感觉。又有哪个厂子需要进一步改造了，村里的路怎样规划才能更加合理、更加便捷，还有，谁家的房子应该翻盖或者维修了，谁家的孩子应该催促着到学校读书了……他仿佛感觉自己的神经就联结着这小小的村落的每一户人家、每一条小道，甚至每一株树木、每一棵秧苗……

那一年，走下天安门城楼之后的一个夜晚，许振忠和以往一样，再一次推开了自己的家门。

中秋的夜晚，月光如水。清凉的晚风拂动着路边的垂柳，令人感到身心俱爽。几天来，许振忠一直处于异常的亢奋之中：作为一个遥远的大东北边塞的庄稼人，居然和国家领导人一起站在天安门城楼上参加国庆观礼，无论对谁而言，简直就是一个神话！

自古以来，农民就是社会最底层的人，靠着仅有的一点儿土地能噇饱肚子，就是老辈人积了德，留给下辈人的福分。至于，能够登上大雅之堂，那无疑于痴人说梦！

当然，许振忠这几十年的奋斗，绝不是为了这些荣誉和地位的回馈。从当上大队会计、副大队长，以及后来的支部书记、县人大副主任、县委副书记，他也从来就没想过，上级组织、领导和集贤村的老少爷们儿会以"滴"为单位，来计算他为改变这个闻名遐迩的"傻子屯"的面貌，为了改变村里人们尤其是那些痴傻孩子的命运而付出的心血与汗水。于是，经常汇聚于他心头脑际的过往的磨难、坎坷、难堪与尴尬，一瞬间化为不可量化的财富，鼓胀起他原本已经足够雄壮的勇气和不可撼动的意志。

那天晚上，他不知不觉地再一次走上了村南的营子岗。

已经被大半垦为耕地的营子岗，依然生长着各色乔木和灌木。晚风吹来，发出沙沙的声响。许振忠说不清也记不得自己有多少次趁着夜色登上这再也熟悉不过的小小的山头了。他听惯了这风吹树木的响声。那响声里曾经饱含着苦痛，饱含着无助，饱含着难言之隐。然而此刻，他仿佛欣赏着贝多芬的《命运交响曲》，那种低迷、那种挣扎、那种悲怆、那种高亢的辉煌相继怂恿着他周身的血液，鼓胀起一腔难以遏止的澎湃！

他坐在那棵高高的白杨树下，远远地望着那个蜷卧在山脚下的小小的村落。在那些已然酣睡了的黑黝黝的房屋影子里，他仿佛看见了那烽火连天的岁月，人们是怎样在官府的欺诈和匪患的劫掠中苦苦地挣扎；他仿佛看见人们是怎样在旧社会留下来的废墟上，建设一个崭新的共和国那种慰藉与满足；他仿佛看见那一幕幕陷入病患之中，人们那不可自拔的绝望与无奈；他仿佛看见那炽烈的阳光下，走出谷底的人们脸上那会心的笑意和溢于言表的感恩的情愫……

他仿佛看见，看见了永远也不会忘怀的自家往事。

惨死于匪徒之手的父亲那种大义凛然的气概，还有他想像中的那片染红了鲜血的柳林和那块茂盛着威武不屈的倔强的土地。

母亲临终前，他不曾亲耳听到，却由弟妹们传递给他的殷殷嘱托：良心，凡事都得对得起良心！

养育他多年的伯父，没能等到他恭候在病榻前送上最后一程而遗憾地驾鹤西去，他跪在老人的面前，号啕大哭。

相濡以沫的妻子在他病重的时候，背对着他，一次次默默地哭泣的憔悴的面庞。还有那从育智班回来后拖着疲倦的身子，一下子瘫软在那铺冰凉的土炕上的情景。

他甚至看到，一个个儿女们眼睛里流露出来的那种不可掩饰的因缺少父爱而生发的孤独感，还有对未来希望的渺茫及心情的失落。

他还看到了全村人都侍弄得非常像样的承包的土地，唯有他自家荒芜得找不到庄稼苗儿的田垄。

他看到了一户户孱弱的人家相继搬进了像模像样的新居，而他自己却仍然蜷局在几十年一贯制的蜗居里……

他看到了，他看到了自己能够看到的一切。因为，他有一颗明亮的眼睛。但是，对他而言，许许多多的事情虽然看得清清楚楚，但却不可选择，也不由他选择，他也不能做其他的选择。

后来，许振忠竟然倚在那棵白杨树下，默默地流了许久的泪。

他说不清，那泪水究竟是因为什么流出来的。只是感觉那泪水咸咸的、涩涩的，细细品咂，还有一丝甘甜的味道。

五味杂陈。

三

对于许振忠，不仅仅是妻子说过他卖给了集贤村，连孩子们也说在他心里他们绝不如那些别人家的痴傻孩子们。是的，他们，包括集贤村的乡亲们一起，有一个任何人都不否认的事实：他不顾家、不管家，为了集贤村的事业，他舍弃了一切。

一次，外来的一位客人到集贤村来考察、办理业务，约好去村东果园里见面。到了时间，一向守约的许振忠看看步行已经来不及了，就让大儿子许云鹏骑自行车驮着他去。没承想，在村东那条狭窄的村路上，迎面驶来的一辆三轮拖拉机撞上了爷儿俩的自行车。自行车摔倒了，那辆三轮拖拉机从许云鹏的身上轧了过去。

许振忠招呼着人把儿子送到苏家店镇上的医院抢救，他自己却不声不响地又忙乎村里别的事去了。过了挺长时间，他才想着赶到医院去看看躺在病床上的儿子。

在医院陪护哥哥的许家老二背地里跟别人说：“我爹还不赖，还真来了。我还以为他不管了呢！”

儿子出事他无暇顾及。他身边的了解事情经过的人都面面相觑，他们真的不知道许振忠的心里是怎么想的。

1974 年初春，别人家的地都弄好了，就等着播种了。许振忠看看自己家的玉米秸还都散落在地里，再不弄回来就耽误种地，另外，实在拖不过去了，就找来叔伯侄儿一起到自家的地里去拉玉米秸。

许振忠是个恨活儿的主儿，一车玉米秸整整装了 3 米多高。由于他一直腰疼，加上过度的疲劳，在卸车的时候，他大头朝下从车上摔了下来。侄儿吓坏了，赶紧喊人把叔叔送到医院，经诊断，肩胛骨骨折！需要手术，里面加上一块钢板，然后静养。

许振忠怎么能躺得住？他恨不得立刻从病床上爬起来，回到他须臾不可离开的集贤村！别人到医院去看望他，他总是埋怨来人说，没什么大事，根本就不用来。来人多待一会儿，他马上开口赶人，催着回去干正事儿。

许振忠从县委副书记的岗位上退下来之后，为了提携新人，他也辞去了村支书的职务。

人是退了下来，可许振忠的心却从来都没有退休一说。他常常跟人说，天下兴亡匹夫有责，更何况自己还是一名集贤村的党员！书记不当了，自己不还是村民吗？是村民就应该心里装着村子，凡事想着村子。

许振忠与他养殖的鸵鸟

退下来后，许振忠依然琢磨着集贤村怎么样才能走上更加富裕的道路。后来，通过各种渠道，他了解到鸡西市所属的虎林市饲养鸵鸟获得了一定的经济效益，就琢磨着托人弄过来几只开始繁殖。

许振忠告诉笔者，鸵鸟是一种便于饲养、对于环境要求不高的动物，论经济效益比起养猪、养鸡来，都会高出许多。他还说，物以稀为贵，人们的生活水平提高了，消费需求也在不断地攀升。因此，饲养鸵鸟无疑是一种最佳的选择。他说，他先尝试着养上十只二十只的，熟悉着它们的生活习性，然后在集贤村推广开来，把集贤村打造成鸵鸟村，为集贤村再开辟一条致富的新路、好路。

许振忠就是这么个脾气，凡事说干就干。几年下来，他的鸵鸟已经养到了 20 多只、30 多只。外地人得到了许振忠饲养鸵鸟的消息，打电话来，想花高价买上几只。许振忠笑着一口回绝。他告诉笔者，要是村里人要养，他可以一分钱不要地送给他们，现在还轮不到外地人。不管他们能出多少钱！

一般来说，鸵鸟需要食用鱼粉。许振忠说，给鸵鸟食用鱼粉成本太高，他就到县城悦来镇买一些小鱼，代替鱼粉。

到县城去买鱼，他要起早去赶早市，然后，乘坐公交车带回来。起早去赶集辛苦一些，许振忠倒不觉得怎么辛苦，但提着一袋子小鱼上公交车，弄得满车都是鱼腥味儿，他总觉得实在是不好意思。后来，他干脆就借来一辆三轮车，自己骑着去县城。这样，不影响别人，自己也方便许多。

一个雨季的清晨，许振忠骑着三轮车，一路直奔县城。由于连天阴雨，本来就坑坑洼洼的乡道不太好走。他走到一处被大车淘得很深的大坑的跟前儿，刚好遇到迎面驶来一辆载重的大卡车。许振忠为了把好走一点儿的路让给那辆卡车，自己那辆三轮车失去了控制，一下子翻到那个大坑里，许振忠从三轮车上跌了下来，头朝地攮在满是泥水的坑里，一下子失去了知觉。或许是那辆大车没有发现许振忠的三轮车出了车祸，若无其事地开走了，还是一个熟悉许振忠的过路人发现了他，赶紧打电话给许云鹏。

许云鹏第一时间赶到了现场，把他父亲送到县医院。

经过 CT 检查，许振忠蛛网膜出血，伤情比较严重。医院果断地为许振忠做了头部手术。回忆起当时的情况，许振忠轻描淡写地说，是在脑袋上钻个眼儿。岂不知，从三轮车翻到坑里那一刻到做完手术，许振忠直到半个月后，才渐渐地清醒了过来。

熟悉许振忠的人都说，他就是那么个人，凡事都为别人着想。如果那天他占着好道儿，或者快一点儿开过去，车祸就不会发生了。

在医院，当许振忠醒来后，儿子问他，认不认识那辆大卡车的司机？

许振忠苦笑了笑，说，认不认识都一样，根本就不怨人家那司机，是他自己主动让的路。再说了，就算那司机有责任，人家也不是故意的。

经过太多磨难和生死考验的许振忠，面对一切都是淡然处之。说起几死几生的过程和那些令他极度痛苦的关头，宛如在不经意地讲述别人的故事。

这种态度着实令人崇敬。

在采访的时候，他似乎发现笔者想要问他什么，就笑着说，人啊，如果想明白了，死亡并不可怕。就算能活上 100 年，在历史的长河中，也不过是短短的一瞬间；反过来，能在这世上存活 30 年，也不算短暂。可想而知，真要把一个人关在监狱里，30 年，该是何等漫长的煎熬和等待啊！

四

许振忠说，回首往事，他感到无比的骄傲和自豪。

他说，作为一个标准的农民，而且是生存在大东北集贤村那样一个环境和条件极度恶劣的小小村落，他何德何能，居然能登上天安门城楼参加国庆观礼，能登上人民大会堂和国务院的主席台，去给坐在下面那些级别很高的领导做报告。尤其是那一次，主持部门居然安排他和全国知名的人士鲁冠球、韩玉婷等同台，应该是极高的荣誉。说起那些事情，许振忠总是说，他心里非常清楚，他所代表的不是他许振忠，而是一个生活、生产在农业第一线的一个农民的代表而已。他不过是替那些农民说说心里话罢了。所以，他每次报告、汇报或者讲话不仅不怯场，而且发挥到极致。几乎每次他都没照着别人给他写好的稿子念，他用最朴实的语言就像和老朋友唠家常似的，说出那些掏心窝子的话语。坐在下面的人听了他的报告无不感动得感叹唏嘘，甚至泪流满面。

他说不清，那些年来，他为多少工矿企业、机关学校等做过多少场报告。他不清楚，他和集贤村的乡亲们治病、治愚、致富的事迹感动过多少人，激励过多少人。而他如今虽然从县委副书记的位置上退了下来，却仍然居住在那个不知花费过他多少心血、流淌过他多少汗水、叠积下他多少痛苦与磨难的集贤村居住着。

他说，他与集贤村结下了世世代代的不解之缘。他离不开集贤村，他的每一根神经都牵系着集贤村的家家户户、牵系着集贤村的每一寸土地，以及那块土地上生长出来的忧愁与欢乐！

距离80岁高龄已经为期不远的他依然和乡亲们一起谋划着集贤村的未来。在中国共产党成立100周年之际，县里举办庆祝活动，热情地邀请许振忠给广大党员干部上一堂党课。

他在党课上讲道：

今年是建党100周年，此时此刻，面对着鲜红的党旗，我的心情格外激动。我今年79岁，曾担任过苏家店镇集贤村党支部书记28年，是一个拥有52年党龄的老党员。我们那一代人走过了火红的年代，有幸见证98抗洪、香港回归、卫星上天、航母入海……见证了中华民族从站起来、富起来，再到强起来的伟大历史进程。生为中国人，我感到无尚光荣和自豪，所以，我今天有很多心里话要对大家讲。

大家都知道，过去，我们集贤村是严重的地方病患区，全村患有地甲病、克汀病的村民累计八百多人，村庄破烂不堪，当时全村呈现“粗脖根人人有，大气瘰像个柳罐斗，痴苶呆傻满街走，哑巴半语乱摆手，姑娘对象往外走，小伙参军靠进口”的惨状。多年的贫病交加，竟使人们忘记了这里世代相传的村名——集贤村，唤起了一个充满辛酸的名字——“傻子屯”！

随着1978年，深圳的一声炮响，犹如滚滚浩荡的春雷，拉开了中国改革开放的序幕，也为我们贫困闭塞的集贤村点燃了希望之光。在桦川县委县政府的大力支持下，我们村党支部带领全村老百姓艰苦创业，奋力拼搏，吃上了深井水，用上了加碘盐，建起了“傻子酒厂”等村办企业……完成了治傻治穷的过程，同时我们也实现了集贤村的3个第一：第一个一，中国碘缺乏病防治从集贤村开始，集贤村被称为“中国食盐加碘第一村”；第二个一，1994年成立村集体企业——傻邦集团，市值2600万，集贤村被授予黑龙江省东部地区唯一“全国优秀基层党组织”称号；第三个一，1979年全村所有农户家庭就有自来水入户，集贤村成为佳木斯地区第一个自来水入户村。

虽然取得了一些成绩吧，但是我们还只是万里长征走完了一小步。要想让我们集贤村脱胎换骨，实现凤凰涅槃般的重生和巨变，还需要漫长的一大步！

愚乡巨变千古少，傻子无能贵人多。

从“傻子白”到“鹤兰春”再到“傻流香”，历经三十多年，“傻子”品牌系列白酒一直在推陈出新，但是我们集贤村党支部，全心全意为老百姓服务的宗旨始终没有改变！我们带领百姓脱贫致富的信念始终没有变！近年来，村党支部带领党员群众不断发展产业，从双兆猪到光复发电再到目前的鸵鸟养殖基地，集贤村在发展中逐步确定了“金猪、肉鸭、寿鸟、傻酒”的产业发展思路，趟出了兴产业、兴特色、兴文化的乡村振兴新路子。

半个世纪脱贫路，薪火相传再长征。

“傻得实，傻得帅，傻向人间都是爱”，正是我们村全体党员干部踏实干事、实在处事的实在劲儿，推动了全村的淳朴民风。在全国人民都深入学习党史的今天，作为一名基层老书记，作为一名老党员，结合我们村实际，我们也深切期望我们基层党支部，始终都能发挥“艰苦奋斗、实干苦干、开拓创新、勇争一流”的傻子精神，始终能够举旗筑魂、冲锋在前，始终都能把如何为百姓服务、如何更好地办好百姓实事作为我们工作的出发点，始终都要把带领老百姓过上好日子作为我们的奋斗目标！

千帆竞过浪潮涌，一片丹心化春泥。

党员同志们，重温党史，让我们从中汲取到一种温暖的力量，重温村史，让我们有了新的体会和感受，那就是——我们每个共产党员都要将日复一日的平凡，化为深入血液里的忠诚！我们每一个共产党员都要扎根人民、造福人民、服务人民！让我们凝心聚力，在砥砺前行的征途上，为建设“五新”桦川创造新的辉煌！

这只是老书记许振忠的书面讲稿，在他的讲课中，又脱稿讲了几件鲜为人知的“傻子屯”昔日感人的故事。顿时，赢得了在座的党员们一阵阵雷鸣般的掌声。

那掌声在三江平原那块广袤的土地上经久不息地滚动着……

第八章　半个世纪脱贫路　薪火相传有后人

一

1998 年，许振忠在卸任桦川县委副书记的职务之后，毅然决然不再担任集贤村党支部书记。在他看来，自己的身体状况不佳，担心会影响村里的工作。更重要的是，趁着他依然思维敏捷、精神尚健的时候，把接力棒交给有思想、有干劲、有活力的年轻人，扶他们上马，送上一程，以保证集贤村沿着正常、健康的轨道快速前行。

那么，这根接力棒究竟交给谁，许振忠心里早已有了谱儿。

他看好了一直跟在他身边、尊他为师傅的王喜林。

不知是大家看出了许振忠的心思，还是众望所归，全村党员大会上，大家一致推荐王喜林担任新一届村支部书记。

王喜林确实像村里人认为得那样：高中毕业的他聪明、能干，并且善解人意。应该是许振忠的最佳接班人选。可王喜林却不这么认为，他觉得，接他师傅许振忠的班是一件天大的难事。这么多年来，他目睹了并且经历了老书记经年累月、殚精竭虑挖完病根挖穷根，带领大家脱贫致富的一幕幕感人情景。就凭他自己的能力，根本就不能同师傅比肩。也由此带来一个一直潜藏在心底的问题；师傅许振忠成了远近闻名的名人，他创下的基业，绝不是什么人都能坚守下来并继续发展下去的。一旦有了闪失，他不仅没法儿向师傅交代，更没法儿向全村的父老乡亲交上一份满意的答卷。换一句有一点儿私心的话就是：接手许振忠这种名人的事业，难干！干好了，人会说，那是前面的书记打下的底好；干不好，人家又会说，他王喜林根本就不是那块料！

他的心底泛起了一阵阵难以息弭的涟漪……

就在这个时候，许振忠找到了他。

那是一个薄云遮月的夜晚，两人并肩走在村南的小路上。沉默了好久，王喜林轻轻地唤了声："师傅……"

"我知道你想说什么，也知道你心里是怎么想的。喜林啊，你一直叫我师傅，那么师傅就告诉你一句话，这个支部书记好不好当？也好当，也难当！但不管好当还是难当，只要你把全部心思都放在村子上，放在全村这一千多口人的身上，就算决策有些失误，人们也会理解。否则，就算你能创下比现在还多上10倍的基业，也会有人背地里骂娘！再者说了，一个顶天立地的男人总应该有所担当吧？"

王喜林没有表态，他默默地咬着嘴唇儿，低着头，脚步沉重地傍在师傅身边，一步一步地挪动着。此刻，他的脑海里频繁地浮现出此前的林林总总的情景，知道他就要担任村党支部书记说几句恭维话的；真诚地劝慰他别有思想负担，大家会帮助他一起努力的；还有的说着不三不四的俏皮话，实则别有用心的。包括爱人在内的家里人都劝他，这个活儿不好干。没看见许书记为了这个集贤村不仅弄了一身病，还差点儿把命都搭上了。不当那份村干部，日子不也过得挺好吗？何必呢！当然鼓励他的人还是占大多数的。

听了师傅许振忠这番话，他蓦地从心底拱出一个血气方刚的念头：一个人来到这个世界上，不能鼠目寸光地就看到自己脚底下那一步，更不能唯唯诺诺地只看到自己门前那一亩三分地，应该承担起属于自己的责任，做一个堂堂正正的对社会有用的人！换句话说，是一个真男子汉，就应该像师傅那样，肩挑日月，耕雨播云！

王喜林当即决定，这个村支书他当定了！

二

集贤村党支部书记王喜林

王喜林1968年底出生于集贤村。用他自己的话说，他应该是地地道道的东北人，而且是土生土长的桦川人。实际上，他的父辈们来源于著名的孔孟之乡——山东。

1954年，由于国家考虑到人口稀疏且土地肥沃的北大荒需要大面积地开发，并缓解山东、安徽、河南等人口密集的省份人们生存难度较大的问题，决定有组织地移民。王喜林的父辈们就是那个时候积极主动报名来到集贤村的。

王喜林说，他们家在山东那边应该算比较富裕的人家，祖祖辈辈都延续着那种耕读继业、勤俭持家的家训，中华人民共和国成立之后，他们家自然就被划为比较高的成分。王喜林的伯父是个十分开明的人，当上级政府部门提出了要移民东北时，他就考虑换换环境，借以改变政府和社会上对他们这样高成分人家的看法。这样只会对他们这样的家庭有利无害。于是，他和家里人商量，为了稳妥起见，他们那一股先到东北来。如果好了，王喜林他父亲这一股再过来。如果感到不太适应大东北的气候条件、风土人情，再想法子回去，也好有个回旋余地。就这样，王喜林的伯父第一拨10户，由山东省菏泽的东明县来到了集贤村。

王喜林的伯父一家被安排到集贤村，一放下那点儿微不足道的家当，就绕着村子转了一圈，感觉自己的决定实在是太英明了。

虽然中华人民共和国成立之初的集贤村，老少爷们儿也都日出而作、日落而归，脸朝黄土背朝天地辛勤耕耨，简朴度日，但吃饱肚子倒是没有什么问题的。这对于三根肠子闲着两根半的王喜林伯父一家，已经是十分的满足了。

就这样，4年后的1958年，王喜林父亲这一股也来到了集贤村。

迎来日出，送走日落，庄户人家就这样一天天翻着那古老的黄历，延续着香火。日子过着过着，王家就觉出了不对，怎么周边村子的人们都很正常，偏偏他们集贤村的老少爷们儿都差点儿劲儿呢？

然而，人们都有这样一种思维定式，那就是一旦在哪儿扎下了根，就再也不想挪动了。这也许就应了那种故土难离老话吧。更何况，十几年下来，多多少少都创下了一点儿家业。

从记事时候起，生于1968年的王喜林就觉得他们集贤村和附近别的村子有些异样。走在村里的大街上，每天都会遇到一些傻咧咧的男男女女，上到几十岁的老人，下到刚刚蹒跚学步的孩子，一个个侧侧歪歪的。起初，他不理解，怎么走在大街上，还有不穿衣服的人，还有鼻涕抹了一脸、敞胸露腚的人。好就好在王喜林继承了外来人口强悍的基因，没有受到当地更多的影响。不过，王喜林告诉我们，他年轻的时候，也就是集贤村改水之前，也曾患过粗脖根儿的地甲病。

王喜林说，上小学的时候，在不到 30 名学生的班级里，他的成绩总是排在第一名。1981 年升到初中。在当时的东安中学，他们集贤村小学的学生成绩就明显地不如其他学校的学生了。他这个在集贤村小学总是名列第一的好学生，到了东安中学，充其量也只能排在中游。

有一次，王喜林跟别的村子的同学打得不可开交，原因只有一个，那就是别的村的同学对他指指点点地说，他是“傻子屯”的！

“傻子屯，傻子屯”！这简直就是对他一种不能忍受的污蔑！不过，过后他也仔细地思量过：他们屯痴傻的人确实比别的村多得多！

这是不争的事实！

王喜林的童年、少年，乃至于以后的所有岁月，都是在“傻子屯”的污名下，同一群痴傻的人一起走过来的。

应该说，在他们集贤村，他最佩服的人就是许振忠了。从稍微懂事的时候起，他就听到了大人们议论最多的话题就是村里如何改水治病的事，议论中提到频率最为密集的名字就是许振忠。

打井改水，李德生将军到村里视察、省委领导相继到来，以及后来的育智班等，王喜林说他都亲身经历过、亲眼看见过，但他只是个尚未谙世事的孩子、只是一个没有任何责任和义务的旁观者。

走出学校的大门后，他原本不打算再回集贤村了。有了高中的文凭，凭着学到的知识，在外面找个一般的工作是不成问题的。至少，找个打工的地方还是能够做到的。但那个时候，集贤村的村办企业已经是红红火火的了，王喜林用不着舍近求远。他放下书包，就投入许振忠的旗下。

从那个时候起，王喜林就正式地开始接近许振忠。他告诉笔者，从老书记许振忠的身上，他学到了在学校根本就学不到的东西。无论是为人还是胆识、能力、魄力，他都是他的榜样，因此，他义无反顾地认下了许振忠这个师傅。直至今天，他仍然一口一个师傅地叫着。

经历了集贤村大大小小诸多的事情，又在村里转换了诸多的岗位，王喜林渐渐地成熟了，这期间，他不仅加入了中国共产党，还逐渐地担任起一些村里的领导职务。

1998 年 3 月，他接任了集贤村党支部书记。

接手的那天，很晚他才回到家里。依然没睡的妻子在等着他，看着他拖着沉重的脚步走进自己的家，妻子默默地注视着他。她似乎发现，只这几天，他就瘦了许多。她知道，他肩上的这副担子很重、责任很大。尽管，她了解自己的丈夫，他有能力，也有魄力，能够把这个知名度很高的村子弄得更好，但那是需要精力、需要体力的。再说了，都说众口难调，更何况这个仍然生活着一些智力存在一定障碍、积蓄了诸多痼疾的村落。

过了好久，妻子听到丈夫那一声长长的慨叹后，终于开口了："早知现在，何必当初呢！"

"你这话什么意思？"王喜林又吸了口气，问道。

"我没什么意思。可我觉得，人一辈子总得活得轻松一些、快乐一些。你没接手这个书记之前，还挺不错的。打从要接手这个书记时候起，就像变了个人似的。我担心……"妻子语重心长。

王喜林点了点头，说："都说，新官上任三把火。是啊，这个村支部书记根本就不算什么官儿，但也有一千多口人瞪着眼睛看着呢！

我寻思明白了，只要做有利于群众的事，就有得罪人的事，孰轻孰重，还真得好好掂掇掂掇呢！”

妻子瞄了丈夫一眼，知道他一定把心思卡在某件事情上。就问：“是不是有了为难的事情？”

王喜林抿了抿嘴唇儿，好一会儿才说：“我觉得，要想让村子真正富裕起来，首先还得壮大集体经济。集体有了家底，当家的才有底气，才不至于做什么事情都空手套白狼。我想……”

妻子终于猜中了丈夫的心思。她不再吭声，等待着“我想……”的下文。

王喜林接着说：“据我了解，我也看了村里土地的台账，大约有80公顷村有土地散落在个人手里。我想把它们一并收归村里。”

“已经既成事实的事情，要想改变它谈何容易！”妻子的话语声很轻，但王喜林听来，却很有分量。

这一夜，王喜林彻夜未眠。他思谋着，收回土地这件事一定要做，而且必须做好！于是，第二天一早，他连早饭都没吃，就敲开了一个村领导的家门。

那位村干部也是集贤村的老人儿了，20多年来，兢兢业业，为村里做了不少事儿。在王喜林看来，不说是一言九鼎，也是个说话很有分量的主儿。他见新上任的书记大清早就到他家来，一定有十分重要的事情。可他是个特别老练的人，绝不像其他人那样，等客人一进门就问是否有事，而是说着唠着闲嗑等着客人开口。

王喜林了解那位村干部，论资历，他绝对比自己的资格老。说了几句闲话，王喜林说：“我来找你，是想请你帮我拿拿主意。”

“你是书记，无论什么事你做主就是了，你一声令下，我一定照办，绝不走样！”那位村干部斩钉截铁地表示。

接着，王喜林就说了想要把那 80 公顷土地收归村里的事。那位村干部再不吭声了。王喜林看见他的脸色很不好看，甚至有一点儿扭曲的模样。

沉默，挟带着几分尴尬的沉默。

原因很简单，在那位村干部名下，就有村属土地好几公顷，这些年，他一直种着，也就象征性地向村里交一点承包的费用。王喜林知道，如果他这块解决不了，别人种着的土地就别想收回来。就这样，他先来到那位村干部的家。他觉得，在他家里说这件事，会比在一些公共场合效果更好些。

过了好一会儿，那位村干部问了句："你决定了？"

王喜林轻轻地点了点头。

"那几户贫困户种的地收不收？"那位村干部问道。

"要收得一视同仁！不能偏着向着！"王喜林说，"实在贫困的，我们村上再考虑从别的途径照顾照顾他们，但在土地上不能区别对待！"

那位村干部觉得不好再说什么了，点燃一根烟，使劲地吸了一口，沉吟了一会儿，说道："既然这样，我考虑考虑吧！"

王喜林又同样做了几户人家的工作，然后召开支委会、党员大会、村民大会，最后一致通过。这期间，他也不是没遇到阻力。有几户贫困户，任凭你磨破嘴唇，干脆就死猪不怕开水烫，就是不交。

王喜林告诉他，这不仅仅是他个人的决定，是村民大会通过的。如果他们不执行，不仅要强行收回原本就是村集体的土地，还将取消原来的一切待遇。

更有甚者，这些土地伤害了个别村霸的利益，他们对王喜林威逼利诱，晚上砸他家的窗户玻璃，老婆孩子受到了惊吓，甚至还非法拘禁。王喜林没有退缩。他心里非常清楚，如果这件事情处理不好，村里人都睁大眼睛看着，以后就什么事情也别想再做了。硬的不行，就来软的。5万元钱就摆在他的面前，然而，王喜林只是轻蔑地一笑，土地照收不误！

王喜林终于踢开了头一脚。

三

在王喜林看来，再硬的道理就一条，许振忠书记已经把村子的病治好了，达到了治穷的目的，同时，也把集贤村领上了致富的道路。那么摆在他面前的历史使命无疑就是使这个村子更加富裕起来，家家户户都过上真正的小康生活。

就为这儿，王喜林广泛地搜集信息，几乎跑遍了他该跑的地方，寻找着适合集贤村发展的着眼点和立足点。

他跑遍了市里、县里相关部门和单位，请求他们像支持和帮助老书记那样一如既往地帮助集贤村，支持他这个新任的“傻子头”的接班人。

天道酬勤，王喜林真的就跑来了很是不错的项目。

王喜林通过一定的途径了解到，县里有一个扶贫项目，那就是双兆猪业代养。为了争取到这个项目，王喜林跑了无数次县扶贫办和县洪源畜牧养殖专业合作社以及相关的部门，终于以同该专业合作社共建的方式辟出 1 万平方米土地，建设了两个单元的代养场。全年共出栏生猪 6600 头，代养费收入 99 万元，村集体分红 12 万元。王喜林还主持利用村西头原 9 万平方米废弃的沙坑，投资 1556 万元，建设年发电 294.6 万度光伏发电项目，促进村集体经济年收入 7.2 万元。同时，协调富民光伏发电公司，将光伏设备下方闲置的 120 亩免费给全村贫困户使用，用于种植小杂粮等矮科作物。每户增收不低于 500 元。另外，王喜林还抢抓苏家店镇打造“乌鸡强镇”机遇，动员所有贫困户饲养乌鸡，每户均在 40 只以上，带动了户均收入 1000 元以上。

双兆养殖场

在饲养乌鸡的项目上，王喜林还花费了不少的心思。有的人家家庭成员均为老弱病残，连自己的基本生活都难以维持，看见别人家都饲养乌鸡，还取得了一定经济效益，就跟王喜林说，他们也想养一些试试。为了不挫伤他们的积极性，王喜林安排人为他们抓来鸡雏，还买来一些饲料，并教他们如何打理。就这样，王喜林仍然不放心，隔三岔五地抽时间到他们家，察看他们的饲养情况，还曾多次帮他们收拾鸡舍，干些零活儿。

王喜林不放过任何一次机会。项目无论是大是小，只要对村民有利，只要有利于集贤村的发展建设，他就绝不放过。

王喜林认为，要把村集体经济做大做强，就必须打造适合本村发展的自有的产业项目。他回顾集贤村发展、走出困境的历史，觉得能够带动集贤村集体经济的最为有效的项目还得是曾经辉煌的“傻子酒”。尽管，后来由于种种原因，“傻子酒”陷入了万劫不复的境地，时至今天，提起“傻子酒”，仍然有为数不菲的人们感到万分的惋惜。他们不仅怀念那个千里飘香的品牌，甚至怀念那段令人没齿难忘的岁月。王喜林感到，“傻子酒”曾经带动了集贤村的发展，那么，重振“傻子酒”的雄威，对于他们这个“傻子酒”的发源地，应该是近水楼台。于是，他征求了包括许振忠在内的当年那些老人的意见，并对白酒市场进行了深入的调研，大家一致认为，重振“傻子酒”酒业，应该是一种最佳的选择。为此，王喜林多次召开村两委会会议，对再次兴办“傻子酒厂”进行了细致的探讨。2009 年，王喜林以壮大村集体经济名义，积极向上级申请扶持资金，现已建成面积 500 平方米的集贤村原“傻子白酒”酿造厂，以纯粮食酿造，纯原浆、不含任何添加剂等品质承诺，注册了“傻流香”“傻柱子”白酒品牌。日产量达到 2000 斤。

截至 2020 年，全村贫困户共享受光伏发电、兴集果蔬种植专业合作社、集贤村乌鸡养殖、庭院种植等县、乡、村三级产业扶贫项目 4 个，户均增收超过 3000 元，进一步实现了集体经济提档升级。

四

作为村党支部书记，绝对是村里的带头人、主心骨，还应该是村里最值得信赖的人。无论谁家有个大事小情的，只要支部书记一句话，什么都好说。

王喜林就是这样的村党支部书记，并且经常扮演着各种角色。

村里纠纷最多的就是土地边界问题，王喜林调节这样的事情不计其数了。以至于在这方面，他积累了许多的经验。到了后来，只要他一到场，左右东西仔细查看一番，再询问一下当事人，当即就能够判断出谁是谁非。

采访时，王喜林跟我们讲了几件村民之间以及村民和集体之间的纠纷事情。

为了方便管理，王喜林把整个村里化成了片，并且安排两委会人员各自分包一片。片内的一些事情就由他们处理。王喜林还告诉他们，真要有什么难以处理或者得罪人的事情就交给他，他去！

一位叫张玉琴的村民，家里的院墙因年久失修要倒了。如果院墙倒向自己家这一边，怎么都好办，可偏偏要倒向隔壁的邻居家。邻居那家日子过得提心吊胆的，生怕张家的院墙倒了砸着自己家的人，或者家畜和家禽什么的。

那家邻居多次和张玉琴商量，知道她一个人生活，年岁又大了些，请她叫回在外地工作的儿子，把院墙重新修一下，这样无论对谁都方便。

张玉琴倒是挺和气的，她也不说不修，一说俩答应，就是一直不给儿子打电话，就这样拖着。

眼瞅着张家的院墙马上就要倒了下来，邻居实在无奈，就弄些木头支着，暂时对付着。一天两天，对付着还可以，时间久了，邻居那家人总觉得不是那么回事儿，就隔着院墙跟张玉琴商量，请她快些修修院墙。

张玉琴依然故我，嘴里答应着，然后就没了动静。一天三顿饭小菜照样炒着，小曲照样哼哼着。再一问，就说儿子实在没时间，回不来。

邻居没有办法了，找到了村委会。

包片干部几次上门找到张玉琴，张玉琴态度非常好，可院墙依然那样侧歪着。

情况反映到王喜林那里，王喜林一大早就推开了张玉琴的家门。

张玉琴是个非常聪明的人，王喜林一进门，她就猜出了书记的来意。唠了几句家常之后，张玉琴就主动问王喜林："王书记，你是不是为了我家的院墙来的？"

王喜林点了点头，说："是。"

张玉琴说："我已经给儿子打电话了，他说了，这几天马上回来！"

王喜林知道，张玉琴又在搪塞他，就说："您老想想，事情如果掉个个儿，你的日子会过得安宁吗？再说了，真要你家的院墙倒了，砸坏了邻居的人，或者什么东西，你得负责任啊！我琢磨了，你也不用再给儿子打电话了。我今天就找几个人来，先把你家的院墙推倒，然后帮你家砌起来。至于工钱，过后咱们再商量。这样，现在我就开扒！"说着，王喜林站起身来，推开屋门，就要往外走，看样子真要动真格的了。

张玉琴再也不好意思了，她非常清楚，这些年，村里没少照顾她。

凡是有个大事小情的，只要跟村上说一声，王喜林总会派人帮助她。这会儿，她非常清楚王喜林是个什么样的人，他说到的事情就一定能够做到。如果再这样拖下去，那就等于不给王喜林这个村党支部书记的面子了。于是，她当着王喜林的面儿给儿子打了电话。

没过两天，儿子终于回来了。王喜林真的就派了两个人，帮助张玉琴家把院墙重新垒了起来。

还有一次，村里研究决定，为了人们出行的方便，要修一条外环路。正好是五六月份，算是农闲的时节，是修路的最好时机。王喜林带着几位村干部勘查了规划的路段，发现有一段路需要占用村民史大龙的一些土地。按当时的情况看，史大龙倒是占了村上的一点儿土地，如果外环路修起来，反倒要占他一点儿土地。按说，村民占集体的一点儿地，大不见小不见的也就那么着了；相反，村上占个人的，一般来说个人都不会答应。

当时，王喜林看了看身边的史大龙那片的包片干部，那干部一脸难色。他们都知道史大龙是个非常厚道的人，但厚道的人也有犟脾气。弄不好，史大龙真要较上了劲儿，愣是不让，恐怕也没有更好的办法。

王喜林明白了那位包片干部的心思，就说："这事儿你不用管了，我找史大龙！"

那天晚上，王喜林找到了史大龙，他开门见山："我来找你，就是想跟你说，村里要修外环路，需要占你家一点儿地，要拔你家的青苗！"

史大龙非常了解王喜林的脾气。他知道，王喜林是个非常仗义的人，也非常通情达理。不过。你真要跟他较上劲儿，恐怕也不会有什么好果子吃。他沉吟了一下，非常果断地说："既然书记说话了，我那地里的青苗你随便拔！"

就这样，王喜林凭借他的为人和他在村民中的威望，事情很快就解决了。到了年底，没等史大龙说话，王喜林就从县民政拨下来的用于接济五保户、贫困户的救济粮里辟出 4 袋，翌年增至 8 袋，主动送到史大龙家。他告诉史大龙：“你为了村里人方便，我就一定不能亏了你。拔你的青苗，还你大米！”直到后来上面取消了救济粮救济的政策，王喜林才不再送给史大龙大米了。

这样的事例，20 多年来，王喜林遇到无数，每次都很是顺利地解决了。他说，现在，村级单位是我们国家农村最底层的管理单位，上面千条线，下面一根针。上面方方面面的部门，林林总总的事情，没有一件不找你支部书记的。而且，村党支部书记的神经还得连接上全体村民的柴米油盐、锅碗瓢盆……你不仅得掌握每个家庭的基本状况，往细了说，就连谁家打了个喷嚏，你都得给他配上一副预防感冒的药。

他说，他没当这个书记他不理解，他当上了这个书记，才深深地理解了老书记许振忠的苦衷。更何况，原来的集贤村那副谁见了都会

许振忠与王喜林

揪心甚至落泪的模样！

他还说，当这个基层的头头，得必须是个全才，什么都得明白、什么都得会做。不管上面哪个部门来检查，都得把情况说得清清楚楚；不管谁家有个天灾病热的，都能配个最好的药方！别看个别的村民，有的地都种不明白，可认准了死理儿，你就是说出大天了，也无济于事。不过，王喜林把村子里的那些事情琢磨透了，这些年来，他几乎没遇到过不去的坎儿。

尤其是近几年，从省里到市里，再到县里、乡里，大力推进脱贫攻坚工程，上面派来脱贫攻坚工作队，帮助村里脱贫攻坚，确实起到了很大的作用，但也牵扯了王喜林的许多精力。几年来，集贤村迎接国检就有四五次，省检十多次。他清楚地记得，仅 2019 年，7 天中就迎来了 4 次检查。

第九章　王喜林：把生命研成齑粉铺平人心路

一

实事求是地说，王喜林接手村党支部书记的时候，由于乡镇企业异军突起，制造业全面苏醒，很多产业受到市场经济的严重冲击，村办企业走向低谷，而集贤村又人多地少，在二轮土地调整时，集贤村人均土地才6亩，折合0.4垧。为了土地的事，村民们上访告状的不断。王喜林带领村干部挨家挨户了解情况，宣传解读政策，做全面细致的思想工作，同时，为他们描绘了一幅美好的愿景，并做出了郑重的承诺。

2015年，集贤村在各级政府的大力支持下，以建设社会主义新农村为目标，多方筹措，投资247万元，狠抓了村精神文明建设，整修了街道，栽上了树木，建起了公厕，治理了环境卫生，整顿了屯风，进一步树立了正气，一举成为全省的文明村。

在美丽乡村建设刚刚拉开帷幕的时候，也是王喜林最难的时候。村里修路建边沟，家家户户要沟通协调划线，大多涉及院墙和篱笆、栅栏要往里挪动，这样一来，村民自家的院子就要变小了。我们可想而知，对于损伤个人利益的事情，谁又能心甘情愿呢？

王喜林自然考虑到他所面临的难处。然而，因为遇到了困难就不做了，这绝不是他王喜林的性格和做事的方式。他相信，只要把情况说清楚，集贤村的老少爷们儿还是能够通情达理的。于是，他开始了耐心细致的思想工作。

他像唠家常似的，坐在乡亲们的热炕头上，反复地说：“要想富，先修路，少养孩子多种树。咱们村的路啊，坑坑洼洼高低不平，晴天一脸灰，雨天两脚泥！真要晚上串个门儿什么的，到处漆黑一片，深一脚浅一脚的，崴脚摔跟头基本是常事儿。你看人家城里，柏油马路，鞋底连泥都不沾。你们说说，咱要修上和城里一样的路，享受享受，也不枉为人一生啊！再者说了，村里家家房前屋后的路是咱们庄户人家天天面对的事情，我们为什么不把它弄得理想一些呢！更何况，这笔钱是上面投资，错过了这样的机会，就再难以遇到了。你们考虑考虑，何去何从，我想，谁心里都有个数！”

王喜林不知走进多少村民的家门，这样的话他也不知道反反复复说了多少遍。集贤村的村民们无一不被王喜林的精神所感动，他们非常清楚，村里修路，王喜林除了操心挨累的份儿，不会比他们多一分一毫的好处。那么他是为了谁呢？于是，他们想清楚了，牺牲一点儿个人小的利益，顾全大局，他们终究成为长远的受益者。把他们的村子建设成为一个美丽、舒适、整洁的乐园，应该是生活在集贤村的村民们世世代代的终极目标和美好梦想。

他们纷纷在合同书上郑重地签上了自己的名字，包括那些有名的“常有理”“惹不起”“铁算盘”们……

到了村路开始动工的时候，也是王喜林忙得不可开交的时候。人们清楚地看到，他们的书记几乎把自己交给了那条规划得井井有条的村路上。工程材料、施工进度、工程质量、人员调配……哪一块不等着他王喜林拍板定夺，哪一块不等着他亲自验看……

集贤村新环境

家人担心他的身体，一遍遍叮嘱他一定要按时吃饭、按时休息，凡事须从长计议。他不是不明白这样的道理，可一忙起来，就什么都顾不及了。

清晨，天刚蒙蒙亮，他就爬起来，有时候甚至连脸都来不及洗一把，就登上那辆破旧的脚踏车，直奔工地。面对那段工程，仔细地琢磨着夜里想了好久的问题……

到了晚上，工地上已然笼罩在一片朦胧的夜幕之中，他才拖着疲惫的身躯，推着那辆脚踏车步履蹒跚地朝着家的方向走去。一直跟在他身边的人都清楚，他那是连跨上脚踏车的力气都没有了……

一天，一个外地人来找王喜林办事。两个人见面时，那人久久地凝视着王喜林，一脸的惊讶。王喜林问他：“怎么，不认识了？”

“哦，是有点儿不敢认了。你瘦了、黑了，是不是……”那人想说“你是不是得了什么病了”，但他没说出口。

王喜林虽然像变了个人似的，但他心里着实地踏实、畅快。

他觉得，修的这些路，不仅仅填平了那些人们眼前的坑坑洼洼、坎坎坷坷，而能够填平集贤村老少爷们儿的心路，则是最最重要的。为了这，他和师傅许振忠要拿自己祭窑一样，甘愿研为齑粉！

修路的工程结束了，王喜林终于喘了口气。他知道，为了全村的利益，村民们已经达成共识了：他们愿意在他王喜林的带领下，出工出力，甚至不惜牺牲自己的利益。

王喜林感到些许慰藉。他不图任何回报，只愿得到人们的理解与支持。他觉得那一刻他做到了，也得到了。于是，接下来，他开始动员大家和他一起，用红色的方砖把铺设的人行道直接延伸至家家户户，村中心的路边架设起明亮、款式新颖的路灯，并于路两边栽种下整齐划一的绿树。

此时的集贤村，宽敞明亮的砖瓦房遍布全村。原来矮趴趴的泥草房已经随着昨天一去不返地告别了。那方方正正的院落内，家家有花、户户有草；而院落之外，则是整块预制板铺就的边沟，遍及每个角落。

再仔细地看去，集贤村每家院落四周的围墙都由高度一致的红砖砌成。墙外的角落里存放着两个垃圾桶，干湿分离，分别标有可回收和不可回收的字样。全村共放置了 500 个垃圾桶，由专门的保洁员每天将垃圾统一收集到 4 个集中垃圾箱，然后有专车运走。

集贤村内的道路新貌

王喜林戏称这是“垃圾革命”！

王喜林还争取到县财政补贴工资的公益岗位，专门负责打扫街道、剪修草坪等工作，辟用了一块空地，用作农用车的专用停车场。

为了方便全村男女老少的业余生活，王喜林积极主张辟建了一处4000平方米的广场，给那些喜欢做健身操的人们提供了极大的方便。并为一些村民茶余饭后聚集在一起交流信息、沟通情感提供了可自利用的场所。此外，村上还在党群服务中心的三楼开设综合文化活动室。下象棋、跳棋、打扑克、乒乓球、台球等，应有尽有。还为一些音乐爱好者提供了唱卡拉OK的进口音响。

每到夜晚，那幢大楼里灯火辉煌、乐声悠扬，一派快乐祥和的景象。

如今的集贤村，整个村子没有任何一块死角能看到过去的影子。

在集贤村人们心中，不，应该包括曾经到过集贤村的外来人眼里，那个名扬遐迩的“傻子屯”的“前世”已经随着两代支部书记和全村人的努力，走进了历史。矗立在我们面前的是一个全新的真正实至名归的集贤村！

这一切，在王喜林的眼里，还远远不够。为了巩固发展现有的成果，王喜林主持设立了五星级农户评选图。每家每户的房子都在街区图上，小房子下面缀有五角星，制定了考核评星制度，包括环境卫生、绿化、和睦……就像学校班级的小红花，星越多积分越多。积分可以到爱心超市换取礼物。

王喜林和村民们的努力得到了相应的荣誉和回报，在全县美丽乡村评选中，全县 105 个村子有 7 个获此殊荣，集贤村就包括在这 7 个村子之内。

二

在县委的安排号召下，精准脱贫攻坚战打响了。全县的精准脱贫以极强的态势在桦川大地上向前推进着。为了严格执行脱贫攻坚精准到户、精准到人的要求。王喜林带领党员、干部逐户走访，逐户核算，逐户填表，逐户登记，逐户拍照，逐户宣传政策，逐户讲解贫困户识别标准。大量的、细致的、基础性工作，都由他来负责。这期间，全村 456 户、1234 口人、常住人口 242 户、777 口人。连他自己也记不清，从东到西，他究竟排查了多少遍！谁家几口人，生活是个什么状况，贫困到何种程度，王喜林了如指掌。

每逢上级检查，无论问到什么情况，王喜林不用看任何资料，也不用身边的人员提示，张口就来。一次，一位县里的领导见王喜林不用思索，对答如流，皱着眉头，有几分怀疑其中的真实性，就要来随行人员手中的材料，逐页翻看。果然，王喜林提供的数据无一谬误。

实际上，能准确地掌握这些数据，王喜林是下了一番功夫的。

多年来，王喜林没有了睡懒觉的习惯，早晨5点钟，他准时走出家门。夜里，他已经想好了第二天的工作，所以，一早目的性十分明确地直奔主题，及时地解决需要解决的大大小小的问题。如果没有急于处理的事情，他就来到村委会，思考着一天的工作。晚上，直到太阳落山，小小的村落笼罩在一片苍茫的晚雾之中，他才迎着牧归的老牛、寻巢的鸡鸭和那些被母亲呼唤着的孩子走回自己的家门。

这么多年，妻子虽然不曾直接埋怨过他，但从她的举动和神情中，王喜林看得出来，她是对他有意见的。换位思考，谁要摊上他这样一个对家里的事情不管不问的丈夫，谁会没有意见？！有时候，他常常在那铺无眠的小炕上默默地发誓，一定要分担妻子身上的家务琐事，不能让妻子一个人肩负着沉重的负担在生活的路上踽踽独行。有时候，他坐在妻子的对面，看着妻子身心俱疲的模样，一股恻隐之情油然而生，并发誓努力做个合格的丈夫、做个合格的父亲。但发誓归发誓，一旦迎着东方天际生出的鱼肚白悄悄地爬起身来，走进了全村老少爷们儿为他构建的那个令他深陷其中的世界，那曾经在心头脑际盘旋萦回的念头早已消失在九霄云外，踪影皆无了。

王喜林的心中时时刻刻想着他的集贤村！

集贤村共建档立卡的贫困户51户、101人，其中因病致贫的36户、因残致贫的12户、因学及其他原因致贫的3户。

在王喜林看来，因病致贫是脱贫攻坚的“老大难”问题，也是这场脱贫攻坚战役中的重中之重。因此，针对不同农户的不同情况，王喜林主持村两委会党员干部一起，逐户分析，制定对策。在分别用足、用好国家的相关政策的同时，施以具有浓郁的乡土人情气息的人文关怀。王喜林在修建村中巷路以及外环道路时曾一再表示，要修建村里村外的道路只要肯于花费资金、花费力气，是一件较为容易的事情，但要铺平乡亲们的心路，那可是一项长期的、漫长的且又细致的系统工程！他说，只要乡亲们，尤其是那些因病致贫、因残致贫和其他原因致贫的乡亲们首先应该在心理上摆脱那种失望或者绝望的阴影，树立起坚强的生活信心，才能真正达到脱离物质上和精神上双双脱贫的境地。

这是一件说起来容易做起来难的事情。

就因为王喜林深深地意识到了这一点，在脱贫攻坚的战役中，他除了对那些贫困户给予物质上的关怀，使得他们解决基本的温饱问题，此外，他还经常走访那些贫困户，坐在他们的炕头上唠唠家常。

集贤村的历史，当年官府的欺诈、土匪的劫掠，还有那些旱、涝、风、虫等不期而至的天灾……还有，那个时候集贤村和后来的“傻子屯”人们的生活状态……今昔这么一对比，无疑会引起人们对生活的感慨、激发对生活的热情，并生发出对党和政府的感激之情。

贫困户徐德金患有心脏病，不能干重活。妻子是当年的克汀病患者，不仅痴呆，还患有脑血栓。几乎年年都要住院，欠下了很多外债。用家徒四壁来形容都不足以概括他家的贫困程度。家徒四壁，至少还有间完整的房屋，而徐德金的房子都不完整了，屋顶漏了没钱修，外面下大雨，屋里下小雨，外面不下了，屋里还在滴答……

王喜林多次来到徐德金的家。每次临走的时候，他的眼泪都在眼圈里打转。怎样才能把徐德金一家从贫困的渊薮里拉巴出来，成了王喜林一段时间须臾不离心头脑际的命题。是啊，作为村党支部书记，王喜林有责任让乡亲们过上好日子，但让每家每户都达到贫困线以上的生活状态，确实是有着一定的难度啊！

对于徐德金一家，何尝不是如此！

然而，事情不能因为存在难度就不去做。首先，王喜林通过政府补贴的扶贫资金，帮助徐德金修缮了住房。破房子、漏锅、炕上病老婆！他觉得，人生的几大难处，徐德金占了大多数。他必须一点一点帮他解决。修房子那天，王喜林安排好了人后，早早地就来到了他家。王喜林分明看见，站在自家院子里的徐德金两眼含着泪水，翕动着嘴唇儿，一句话都说不出来。尤其他看见村党支部书记亲自动手为他这个不值得顾及的病弱之家干活时，就差没虔诚地跪在地上给面前这个救苦救难的活菩萨磕个响头了。

修好了房子，王喜林开始考虑徐德金的医疗问题，为了使徐德金家基本医疗和大病医疗都得到保障，他为他办理了免交任何费用的合作医疗。同时，凡是村民们能够享受的多项产业收益补贴，他徐德金都能够享受。此外，王喜林还发动上级派来的驻村帮扶干部，对徐德金进行有效的帮助。这样，真正落实了“两不愁三保障”政策，徐德金一家的病情也得到了有效的控制。

在王喜林心里，对于帮扶对象，就要为他们实打实地着想，不能摆花架子、来虚的，得让他们得到真正的实惠，彻底摆脱贫困的状态。这样就更需要对党的政策进一步深入的解读，深入挖掘贫困户致贫的真正原因，然后对症下药，对贫困户实施全方位的帮扶。

淳朴善良的徐德金逢人便说：“还是共产党好啊，真正关心老百姓的生活。王书记和上边的驻村干部是真使劲儿啊。要是在旧社会我们就没有活路了，感谢党啊，感谢我们的王书记啊！”

工人王志有，过去患地克病，今日已能参加生产劳动

工人张殿风，过去患地甲病，今日已参加玻璃瓶厂生产

王喜林非常清楚一个再平常不过的道理，那就是“授人以鱼不如授人以渔”。集贤村因为特殊的历史原因，贫困户中有劳动能力的家庭比较少，直至现在还有28名痴茶呆傻的村民。对待他们，王喜林认为，必须因人施策。他时时刻刻研究分析那些贫困户，盯着他们，思谋着怎样才能让他们真正地走出贫穷的困境。有劳动能力的，首先安排村里的公益岗位，譬如清理垃圾、清扫大街、村前村后拔草割草等。这些人，加上扶贫项目收入，脱贫是没有问题的。然而那些丧失劳动能力和弱半劳动能力的就是一个大问题。但本着精准扶贫的路上一个也不能少的原则，要想尽一切办法让他们享受贫困线以上的生活，就成了王喜

林时刻关注的最为重要的焦点。争取国家政策扶植、享受五保户、特困人员国家财政补助供养等低保待遇，全方位进行精准扶贫。

因水治病，是集贤村最为典型也最为普遍的事例。

57 岁的张久成，出生时就智力障碍，也就是人们常说的痴傻。但他身体好，力气大，属于有劳动力的困难户。他虽然智力障碍，却喜欢鼓捣机械类物件。说来也真就奇怪了，他鼓捣来鼓捣去，竟然把自家的窗帘鼓捣成电动的了。王喜林仔细研究了他的情况，把村道上割草的活儿交给了他。别看他别的事儿弄不明白，可割草机到了他手里，居然能运用自如。不过，割哪块地得有人送他过去。

安顿好张久成，王喜林松了一口气，他刚刚回到办公室，屁股还没做到椅子上，张久成就找了上来。王喜林问他："咋回来了？"

张久成咧了几次嘴，使了老半天的劲儿，才冒出几个字来："不—不动了！"

王喜林一检查，是割草机没电了。

从此之后，王喜林就安排人提前把割草机充好电，再交给张久成。

过两天，张久成又找到王喜林，依然是那样磕磕巴巴地蹦出几个字："不—不行了！"

王喜林一看，割草机还有满满的电，再仔细检查才发现，是刀片钝了，该换了。于是，他安排人把刀片换个新的。张久成这才咧着嘴似笑非笑地拎着割草机接着割草去了。

我们可以感觉得到，在基本不谙世事的张久成心里，他可以和谁都没有交集，唯独把王喜林视为自己的主心骨。只有他安排给他的事情，他会专心致志地一直做下去。

68 岁的徐得国是个哑巴。他无儿无女，是个五保户。他倒是能干一些活儿，就是得有人陪着才能完成。王喜林就安排他参加集体劳动，或者安排村干部领着他干活儿，促使他通过劳动脱贫。一次，在整修路面边沟的时候，王喜林边干活边盯着他。干着干着，王喜林发现他清理一会儿残雪和落叶后，指着头和前胸，不停地一边比画一边哇哇叫着。从他发出的声音和痛苦的表情上，只有王喜林读得懂他那特殊的语言，立即带着他来到村卫生院。做了初步检查后，村医生建议赶紧到县医院就诊。王喜林见耽误不得，就派车拉着徐得国直接奔向县医院。经检查诊断，徐得国不仅患有高血压、脑梗，而且胆囊肿大，面临穿孔的危险。医生说，胆囊一旦穿孔，后果不堪设想。亏得送来及时，没有耽误治疗。

由于像徐得国那样的贫困户看病，有着五重医疗上的保障。因此，在住了半个多月医院后，徐得国又恢复了往日状态。他现在住在村里为他安排的幸福大院里，每逢有人到他小屋，他就高兴地拿着王喜林为他买的夏凉被给人看，还拿出钱比画着，意思是村里补助的。王喜林每次和大家一起来看望他，看到他帘子后面袋子里满满的米和面，看到锅里炖着大块的肉，就拍拍他的肩膀，给他以亲切的安慰。每到这个时候，徐得国总是喜笑颜开地指着王喜林，颤抖地竖起大拇指，直到人们走出那小屋老远，他还没有放下……

三

在王喜林的主持下，集贤村的产业和项目收入在与日俱增。

2017 年，新落地的光伏发电项目占地 9 万平方米，其中 8 万平方米按照每平方米0.8元的租地费用，列入村集体收入，另外1万平方米为县发改局投入项目，脱贫攻坚结束后，1万平方米发电收入全部计入村集体收入。

2018年，洪源合作社生猪代养项目，总投资270万元。这个项目由40户贫困户小额贷款200万元，洪源合作社出资70万元，年出栏6600头肥猪，预计每年村集体可收入近10万元。同时，带动了40户贫困户脱贫增收。

洪源畜牧业养殖专业合作社乌鸡养殖项目实现了50户贫困户全覆盖，每户免费发放乌鸡雏40只，年底通过卖肉或鸡蛋增收，户均增收300元至1000元。

还有光伏发电下面的闲置土地，委托合作社种低矮作物，2018—2019年已经享受两年分成。兴集果蔬种植专业合作社小杂粮种植项目实现贫困户全覆盖，户均受益增收500元。

王喜林还在种植业结构方面进行了深入的研究，并取得了长足的进步。目前的集贤村，已由过去的单一种植旱田改为水旱结合种植。他还积极主张大力发展烤烟、小杂粮等特色经济作物，全村人均收入由10年前的3200元增加到2018年的8100元。

在经济收入步步提高的同时，王喜林不断琢磨如何改变全村人的生活条件，尤其是那些贫困户的。2017年，在王喜林努力争取下，政府投资70万元，建起了一个占地1500平方米的幸福大院。

入住幸福大院的孤寡老人16户，每户35平方米。从那时起，村里没有住房的贫困户，住房濒临倒塌、岌岌可危的五保户、生活自理能力较差却又无人照顾的鳏寡老人全都集居在一起，相互间也算有了个照应。

幸福大院落成那天，整个集贤村仿佛迎来了一个盛大的节日。大院前聚集了多年的老邻居，以及情似骨肉的乡亲，大家一起满脸笑容、谈笑风生，庆祝那些原本无助的人们搬进新居。

就连前几年集贤村的画家栾合文也很是幸运地住进了幸福大院。栾合文是集贤村育智班培养出来的，能写一手好字，还会画画。从育智班出来后，他就到外地打工去了。看看现在的集贤村已经今非昔比，就放弃了外面还算优厚的条件回到了故里。然而，因为年久失修，原来的房子已经没法再住人了，他就找到了王喜林。没有二话，凡是集贤村的人，王喜林不能不管！于是，栾合文很快就住进了幸福大院。

在集贤村，幸福大院是王喜林最为关注的地方。他有事没事地经常往那儿跑，因为那儿是贫困户相对集中的地方。因为贫困，他们的需求往往高于一般的村民，尤其是那些痴茶呆傻的，更加需要人们的照顾和关注。按照中华民族的传统美德，对于弱者那种人文关怀更应该体现得细致与深切。这在传统基因来自孔孟之乡的王喜林身上体现得更加明显。他经常到幸福大院去，看望那些热切地盼望着他去看望的人们。尤其到逢年过节的时候，他更是一遍遍地去那儿，除了挨家挨户地查看还需要给他们弄点儿什么需要的东西，还嘱咐东家一定要注意用电安全，再看看西家的炉子是否好烧，叮嘱晚上一定等炉火烧尽再睡觉。

王喜林总是在想，那些智商或者身体患有毛病的人们，本来就是十分不幸的。来到这个世界上，他们本应享受正常人应该享受的一切，可现在，他们已经失去了部分权利。在这一点上，他们是可悲的，也是可怜的。别说，作为村党支部书记，在某种意义上是他们生存的依靠，就算作为同村的邻居，生活在同时代的人，也应该对他们施以援手，尽量让他们生活得舒适一些，这至少对他来说是一种灵魂上的慰藉。更何况，他还是一个党员、一个同他们距离最近的基层干部！

四

农村，尤其是集贤村这样的农村，在任何人看来都是一个积重难返的村落。能够治愈地甲病和克汀病，已经是闻名天下的奇迹了。那么能够使得那些疾病缠身，甚至终生丧失劳动能力的痴苶呆傻的人们过上丰衣足食的日子，那简直就是天方夜谭！

然而，这一切，在桦川县的集贤村真的就把对未来的憧憬与渴望变成了活生生的现实。那些曾经目睹过集贤村几近原始的生活状态，并预言这是一潭扔块石头都泛不起一点儿漪澜的死水的人们，不知此刻面对人丁兴旺、百事和谐、鸟语花香的集贤村，该作何感想？

人类的生命自古以来就具有一定的可塑性。那种深邃的内涵和夸张的外延能够编织成一张无限庞大的网络，完全可以笼罩起一个有形或者无形的世界。那种张力超出我们的想象和认知的能力，甚至随时随地都会令人瞠目结舌，抑或目瞪口呆！

集贤村的变化是惊人的。

这无疑是从前到过这个村子，曾经被那种惨状滋扰得食不甘味、寝不安席，现在又有幸目睹了他芳颜的人们一致的定论！

治病、治愚、治穷，我们在前面做了比较详细的介绍，这里就不再一一赘述了。关于如何脱贫攻坚，我们还想再谈谈王喜林的做法，或许对依然在这条路上的人们有所助益。

王喜林说，自从桦川县打响脱贫攻坚战以来，他就带领村两委会一班人，严格按照上级的指导意见，做好责任、政策、工作三落实。他们认真学习习总书记重庆脱贫攻坚讲话等扶贫理论，充实脱贫攻坚工作思路和做法，充分发挥脱贫攻坚指挥部统筹作用，村两委、驻村工作队、保村干部通力合作，召开多种会议，扎实落实主体责任，精准安排部署，逐项竭力推进。

王喜林参加全国脱贫攻坚总结表彰大会

王喜林说，要打好脱贫攻坚战，首先要在全村实现“两不愁”，即吃穿不愁。民以食为天，这是自古以来人们最低的生活欲望。很长一段时间，能吃饱肚子简直就是一种天大的奢望。有多少渴望能够吃上一顿饱饭的人们不惜背井离乡，一步步挪向天荒地老的大江东。殊不知有多少人在距离那碗喷着香气的米饭只有一步之遥的时候，挣扎着去了另一个世界！因此，让村里人家家有粮、人人有衣，是王喜林一班人最低的承诺。按他们的要求，全村的村民除了保障口粮之外，肉蛋奶等食物基本实现需要就能买得起、吃得到。至于衣服，至少一年四季都有换洗的，且保证冬季穿得暖和。

实现医疗有保障也是农村的重中之重，尤其是集贤村这样一个建村伊始就浸泡在病痛苦水中无法挣脱的村落，就应该完善现行的医疗保障制度。在脱贫攻坚战役打响之前，全村贫困人口为 96 人，其中患有癌症的 4 人、冠心病 36 人、糖尿病 3 人、癫痫病 5 人、脑梗 5 人、高血压 14 人、办理了慢性病症 70 人。全体贫困户均享受免交合作医疗，基本医疗和大病都有一定的保障。按照县健康扶贫工作专项推进组反馈的医疗报销明细，仅 2018 年至今，共有 11 名贫困户病人入院治疗，均享受该县的“五重保障”医疗保障制度，累计报销 8.12 万元，每户贫困户自费金额大约在 1000 元。

在集贤村的历史上，有病没钱看，躺在那铺黑乎乎的小炕上等待着自生自灭的往事，宛如一块无法剜除的伤疤，深深地镌刻在人们的心头上。他们永远不会忘记那些黑色的岁月，那些痴茶呆傻的孩子们似笑非笑地咧着嘴，一个个送走了他们的亲人！

如今的医疗保障制度，大大提高了人们的生存质量。他们不再担心那些本该剔除的病痛无端地剥夺了他们生存的权利，他们那种对于美好未来的希冀连同那些有力的保障措施在支撑着他们的生存渴望。

实现教育有保障，是目前人们看重的焦点。国家自从实行计划生育政策以来，农村的人口也在大幅度下降，家家只有一个孩子，已经成了普遍的现象。因此，把未来的希望寄托在孩子身上，是人之常情。然而那些贫困户基于他们的生活状态，更加渴望孩子能够出人头地，以便改变他们的生活境地。但理想与现实总会有一定的差距，供养孩子读书和他们的收入不成比例，为此，他们不能不为之夜不成寐、短叹长吁……

王喜林和他们村两委会一班人把实现教育保障的着眼点就放在那些贫困户上。据他们掌握，全村贫困户家庭中有义务教育阶段的学生 4 名，分别为栾和君儿子栾宝财、陈庆民之女陈永庭、臧建龙之女臧鑫雅、齐立君之女齐天航。其中栾宝财中学八年级，陈永庭中学九年级，臧鑫雅小学三年级，齐天航特教中心八年级。根据该县的教育扶贫政策，加上王喜林等的积极争取，2019 年度 4 名在校生享受义务教育学生营养餐800元、在校就餐补助600元、学生保险70元，并获得“金秋助学，圆梦行动”助学金1000元。这些，都为他们接受教育提供了有力的保障，解除了他们的后顾之忧，使他们能安心地在学校的课堂上学习。

对于住房保障，王喜林做得尤为到位。幸福大院的筹建已经彰显了他们在住房保障方面的力度。王喜林头脑非常清醒，他知道，农村的住房对于那些贫困户而言，是一项他们生活中绝不可忽视的重要组成部分。可想而知，对于没有住房，或者住在岌岌可危的破旧的房屋里面，谁还会有幸福可言？为了解决这一问题，王喜林可谓是费尽了心思。全村贫困户享受危房改造的16户，其中2017年置换2户、安置在幸福大院7户，2018年新建4户、维修3户。“三类人”享受危房改造政策5户，2017年维修1户，2018年新建3户、维修1户。2019年“三类人”新建房屋1户。目前，全村农户没有一户在危房中居住的。

对于那些想要修建住房的贫困户和残疾人员，王喜林一定能够尽到最大的努力帮助他们。残疾户张成华，房屋鉴定为C级，个人有建一所新房的意愿，但又苦于手头没有足够的钱建房。王喜林了解到张成华的情况，就主动帮助他，安排由村集体出资金提供机械设备，为其平整房场，又提供砂石料为其构筑地基，能够帮助的尽量帮。张成华终于于2019年建成了一所30平方米的安全住房。

在产业、金融、就业扶贫等方面，我们在前面已经讲过，王喜林花费了多少心血，相信凡是集贤村的人都有目共睹、心中有数。为了改善那些贫困户的生活条件，他想尽办法安排他们做些力所能及的工作，让他们做个能够自食其力、对社会有用的人，进而提高他们的生活水平。2019 年，村里共安排公益岗位 13 个，其中建档立卡的贫困户 8 个、低保户 1 个。其中年工资 3600 元的保洁员 6 名，年工资 2400 元的治安协理员 2 名，年工资 2400 元的爱心超市管理员 1 名，年工资 2400 元的河道管理员 1 名，年工资 2400 元的幸福大院管理员 1 名，还增设了年工资 5000 元的生态护林员 1 名。

采访中，王喜林一再强调，建立起一种遵纪守法、尊老爱幼、勤劳致富、联帮连带、同奔小康、正当致富和争做道德模范的村风民风至关重要。一个村子有了一个淳朴、优良的民风，有了一个和谐、宽容的环境，这个村子才能从精神上真正地脱贫。

王喜林说："铺平人们的心路比铺平村里的道路更艰难，更需要作出巨大的努力！"

是啊，目前，集贤村已经养成了良好的帮扶习惯，谁家有了困难，不用组织上动员，就一定会有人伸出援手。

2018 年，村民姜长中妻子突发癫痫病，导致重度烧伤，王喜林和村两委会的党员、干部带头捐款，不到两天时间，就筹集了 5 万余元。残疾户孙敬禄也一瘸一拐地来到村委会，捐款 200 元。一个小小的村子，居然能在很快的时间筹集到 5 万元的治病钱，不能不说是十分的难能可贵啊！

那些劳动能力较差或者没有劳动能力的人家，不时会有人帮扶到门，比如清理垃圾、清理柴草，打扫室内外卫生，甚至帮助他们清洗衣物，整理个人卫生等。

贫困户孙真仁、陈中山自家种植玉米，由于地势低洼，连续降雨导致沟渠积水漫过堤坝，玉米将会严重减产。还有贫困户张克种植的 135 亩水稻，因为天气连续降雨，积水漫过稻穗，并致使水稻受病，严重影响产量。看在眼里，没用种植户吭声，王喜林就安排村里迅速启动应急预案，调派人员及车辆第一时间赶到现场开展生产自救，实施排涝清淤，将水患损失降到最低。

面对一直守候在现场的村党支部书记王喜林，几位受灾的村民激动得说不出话来……

第十章　铭记“傻子屯”历史　开创集贤村未来

一

有人说，新冠疫情防控期间，是王喜林最紧张的时刻。他整整 3 个月一直住在村委会的大楼里。

听到这样的话，王喜林笑了，他摇摇头，什么都没说。

有知情人告诉笔者，他们的王书记经常住在村委会。无论什么时候，你要找他，到村委会比到他家还准成。

是的，在王喜林看来，村委会这个大家比他自己那个小家重要得多。那个小家好与不好，顶多涉及包括他自己在内的几个人的利益，而集贤村这个大家却有着千八百口人呢！因为全村人信任他，才把这样一副重担压在他的肩上，他就拼尽全身力气，甚至包括他的生命，也要把这副担子担好。就因为这样，他睡在村委会那张长满了孤独的床上，感觉到特别的踏实。

王喜林时时刻刻在谋划着村里的事。

尤其是入夜之后的村委会大楼，非常的阒静。如果没有特殊的情况，他真的能够听得到从村南营子岗方向轻轻刮过来的风声，也能够闻到庭院外面飘拂过来的紫丁香那种醉人的馨香。每逢这个时候，王喜林总是关掉室内的灯光，站在窗前，久久地凝视着遥远的夜空，还有那迷蒙的远方……

他不止一次地回想着记忆里集贤村那苦涩的日子：低矮破旧的泥草房，散落着麦秸和牛粪的巷道，还有那一个个钤印着痴傻痕迹的身影……

记得一个寒风凛冽的年关，前院的一位老人没能熬过他期望中的节日，撒手人寰。左右邻居都不胜唏嘘，唯独他那痴傻的哑巴儿子居然佝偻着手臂，敲击着他父亲的棺材嗤嗤地傻笑。一个邻居的傻孩子自家买不起鞭炮，就凑着热闹到别人家去看放鞭炮。谁知那家日子过得也很拮据，但为了驱邪，还是花了一点儿很少的钱买了一些劣质的鞭炮。放鞭炮时，隔三岔五的就出个哑炮。看热闹的痴傻孩子还没傻透，见到没炸响的就捡起来攥在手心里，宝贝一般藏在背后。没承想，他捡来的爆竹是个慢捻儿，就在他攥得紧紧的时候突然间炸响了，他一屁股跌坐在地上，傻傻地盯着自己那血肉模糊的手……

为了不能忘却的记忆，王喜林在村委会的三楼辟建了一个村史馆。他长夜无眠的时候总愿意到馆里转转，或驻足在一块块镌刻着集贤村“前世”与“今生”的画板前，思考着什么。

建设村史馆是王喜林一直主张并积极运作的事项。在他看来，回顾这段历史对于进一步发扬集贤村精神，推动集贤村未来的发展有着非常重要的作用。尤其是老书记许振忠在任的28年里，把集贤村从水深火热的泥淖中拯救出来的艰苦卓绝的奋斗过程更应该成为集贤村后来人奋勇前行的动力。因此，在王喜林的策划及具体操作下，村史馆已经形成了一定的规模。

村史馆从 4 个方面展示着集贤村的历史。

王喜林在村史馆

一、昔日“傻子屯”

1978 年以前，集贤村患有地甲病、克汀病的占全村人口的 78.6%。贫病交加的集贤村到了不忍睹目的境况。在老支书许振忠的带领下，集贤村在 1978 年吃上了深井水，使用了加碘盐，彻底转变了集贤村的历史。到 1984 年，集贤村的新生婴儿再未出现过地甲病和克汀病患者。危害多年的病魔终于被降服了。

二、集贤村企业发展史

在防病改水之后，老书记许振忠及村两委带领村民建立了“傻子屯”酿酒厂、集贤村玻璃制品厂、集贤村砖厂等企业，并在 1994 年，成立了桦川县傻邦集团，资产达3000多万元。

三、1998年之后的集贤村

集贤村于2001年进行了企业改制，并于2012年被欣睿惠农（北京）农业发展有限公司投入资金，进行重组。同年在县工业园区新建厂区，提升企业形象，扩大生产规模。

四、集贤村及老书记许振忠主要事迹和所获荣誉

主要有老书记许振忠带领全村村民改水、治病、治愚、治穷的先进事迹，集贤村的大事记和集贤村的荣誉墙，集贤村先后获得中组部的“全国先进基层党组织”、黑龙江省“先进基层党组织”等荣誉称号。

村史馆的墙上还展示出集贤村“四大感恩人物”，他们分别是李德生、陈雷、李健群、周玉甫。大幅的照片下面还配有被感恩人物的简要生平，以及感恩的理由。这里，我们不妨抄录如下，以资永久地纪念。

李德生，原中共中央政治局常委、中央委员会副主席、中央地方病防治领导小组组长、沈阳军区司令员。

1978年8月5日，对集贤村防病、治病、改水，作重要批示并作具体部署。

中央地方病领导小组（北办组）送药品。

天津医学院地甲病研究室马泰教授亲自指导。哈尔滨医科大学和佳木斯医学院，地甲病专家李健群教授一行人，负责挨门挨户诊治。

其他卫生、水利、粮食等各级部门，负责饮水、碘盐、药品等事项的全力配合。从而使集贤村当时地方病在短期内得到有效控制和治疗，收到了立竿见影的效果。

1981年5月2日，亲自来集贤村视察，走访了很多农户和病人以及村小学师生。接见了许振忠书记，听取了2个小时的详细汇报，并作出重要指示和嘱咐："你们要挖掉病根、挖穷根，挖掉穷根扎富根，生活要一年比一年富裕，日子一天比一天好。"

自1978年后，多年间多次过问集贤村防病、改水、生产生活情况，给予莫大关心、关怀和支持。

陈雷，黑龙江省桦川人。原中共中央顾问委员会委员、黑龙江省委副书记、省长。

陈雷

1984年，陈雷省长视察集贤村。先后走访和看望了10多户村民和20多名地方病人，视察了村小学和"育智班"及村办企业砖厂，并听取了许振忠书记1小时的汇报。对集贤村的防病、治愚、致富作出了重要指示，并为集贤村作了题词：祛病体健子孙福，扶正育智世代强。

陈雷省长在1979—1985年任省长期间，对集贤村防治地方病工作给予特别关注，并在人、财、物调配上给予重点政策倾斜，使集贤村防治地方病、治愚、治穷、致富各项工作收到事半功倍的效果。

李健群，原佳木斯医学院副院长、中国地方病防治中心副主任，黑龙江省地方病防治所所长，1993年突发脑溢血后病退。

1978年，李健群教授带领佳木斯医学院医疗队赴集贤村，逐门逐户进行地方病排查诊治。起早贪黑，不辞辛苦，不怕脏累，与集贤村群众和病人建立了深厚的感情。

1979 年至 1986 年，在集贤村设立了地方病实验室，进行了大量实验研究。最终确定地甲病是碘缺乏所造成的，并撰写专著，提出食盐中加碘是防治地甲病的根本办法，拉开了食盐加碘防治地甲病的序幕，这一历史性建议率先在集贤村实施。集贤村也成为中国食盐加碘防治地甲病的第一村，为我国预防地甲病、克汀病做出了卓越贡献。

李教授的防治地甲病专著得到世界卫生组织的认可和联合国教科文组织的关注，多次派人到集贤村考察，并在很多国家推广。

李教授在 1978 年至 1986 年，每年往来村数十次，经常在村吃住，对每户病人情况了如指掌，倾注了大量心血。

1986 年实验室撤离后还多次回访集贤村，考察监测地甲病防治情况，多次通过电话、书信询问指导。

原桦川县卫生防疫站站长周玉甫

周玉甫，原桦川县卫生防疫站站长、地病办主任。

1978 年随县医疗队入村，进行地甲病普查、防治，每天吃住在村。当时条件艰苦，他患有脑囊虫病，领导和同事都劝他回去先治自己的病，但他坚持到普查结束。集贤村地方病防治成功了，他却瞎了一只眼睛。

1978 年至 1986 年，周大夫这个名字在集贤村家喻户晓。他工作在集贤村地甲病第一线，关心群众和病人，钻研业务，深受集贤村民爱戴，为集贤村地甲病、克汀病防治付出大量心血和精力。

作为公共文化建设的重要组成部分，集贤村村史馆承载着集贤村防病、改水、治愚、治穷、致富的光辉历程。记录了老书记许振忠同志提出的“治愚、治穷、致富”的实干精神，展示了现任书记王喜林同志提出的“聚贤、聚德、聚福”振兴发展的“傻子屯”精神。不仅是全村改水治愚、食盐加碘、由穷致富的历史性时刻的回顾，还是集贤村乡村振兴的精神支撑。

通过集贤村村史馆的开发建设，让更多的参观学习者了解和传承老一辈革命家，特别是老书记许振忠的艰苦创业历程，传承他一心为民的实干精神、创业精神，从而激发内力。集贤村全村党员干部通过村史馆进一步以集贤村半个世纪中两代书记的品质为指引，带领全村弘扬老书记许振忠同志艰苦奋斗的实干精神和现任书记王喜林新时代振兴发展的“傻子屯”精神。截至目前，来集贤村参观学习的累计达到8000余人，进而带动了村集体经济的发展和贫困户的增收。村史馆的建设使得该村在壮大集体经济，推动乡村振兴战略道路上，越走越宽。

王喜林并不满足现有的村史馆建设，他告诉笔者，为了进一步发挥村史馆的作用，他已经和村两委会的干部一起制定了一个新的村史馆改造设计方案。

村里在老罐装厂位置建设村史馆活动中心，占地面积约720平方米，主体为单层建筑。设计时村史馆主要分为两部分，其中游客接待中心（农产品展销中心）220平方米、村史馆（文化活动中心）500平方米。门前建设村史文化广场，占地面积约2000平方米。西侧建设停车场，占地面积约1200平方米。

集贤村村史馆一角

新设计的村史馆外观采用复古建筑，灰墙黑瓦，突出古香古色。或采用红砖建筑，呈现20世纪80年代建筑风貌。两侧可喷吐“知恩感恩报恩，爱党爱国爱村”的宣传文字。

游客服务中心的具体布局为，正对入口的是一个大型服务台，集旅游咨询、备品食品销售、纪念品销售、书籍销售于一体。西侧建设苏家店镇农产品展销中心，把全镇的特色农产品进行集中的宣传和展销，提高全镇的产业经济效益。东侧建设一个休闲区，可放置一些茶几和沙发，种植一些盆栽和绿植，用以游客休息。

新建的村史馆设计在入口处放置一个大型沙雕场景，反映该村改水治愚的场景，用以表现“半个世纪脱贫路，薪火相传两代人”的感人故事。进入展区后，用隔断形成一个大型回廊结构，规划建设四大篇章。

第一篇章为“感谢党赐甘露水，病乡枯木喜逢春”，用以表现集贤村改水治患的事迹，分为“贫病交加”“临危受命”“贵人相助”“改水治患”“铁树开花”5个小章节。

第二篇章为“挖掉病根挖穷根，挖掉穷根扎富根”，用以表现集贤村发展村办企业的振奋事迹，分为“振奋精神”“瞄准市场”“大刀阔斧”“傻邦奋进”“改组改制”5个小章节。

第三篇章为“攻坚克难初心在，脱贫致富颂党恩”，用以表现集贤村在脱贫攻坚中发生的感人事迹，分为“精准识别”“精准施策”“真帮实扶”“共享成果”“脱贫致富”5个小章节。

第四篇章为“患乡巨变感党恩，乡村振兴再筑魂”，用以表现集贤村在乡村振兴战略过程中的全方位提升，分为“产业振兴”“人才振兴”“文化振兴”“生态振兴”“组织振兴”5个小章节。

设计出口处建设感恩宣誓墙，拟刻感恩宣誓词。每年重要节日，孩子上学、青年参军、新人结婚等都可以到感恩墙宣誓。

二

实际上，王喜林和村两委会的党员干部的着眼点不仅仅是一个小小的村史馆，他们对整个集贤村都有着一个全方位的打造提升的可行方案。他们为了深入挖掘集贤村历史文化、乡村文明、产业特色等资源，结合2021年中央一号文件提出的开发休闲农业和乡村旅游精品线路指示，按照县委全县文化旅游产业发展实施方案要求，经过反复研究讨论，形成了一套整体的思路。

他们将以发扬“愚乡巨变感党恩，乡村振兴再筑魂”的文化内涵，结合集贤村乡土酒文化、全国食盐加碘第一村、全国脱贫攻坚先进集体、老书记许振忠全国劳动模范和全国优秀共产党员等名片，围绕“求索拼搏、实干苦干、开拓创新、勇争一流”的“傻子”精神核心，重点建设“一轴、两街、四区”，打造“感悟傻子精神、体会集贤巨变”的感恩之旅。

在景点布局上，他们想法中的“一轴”是打造美丽乡村蝶变轴。重点改造进村方向村主路沿线，建设东山植物园、兼具停车场功能的“食盐加碘第一村”纪念广场、主街村史观光带、小型滑雪游乐设施、中轴线两侧中草药菜园等5处景观。

建设东山植物园，即在原有的东山坡的基础上扩大种植面积。种植金达莱花、蒲公英、云杉、绿地等植物12000平方米，取名“祈愿坡”，将全部植物进行搜集制作科普牌子。在进村集贤村标志附近山丘处修木栈道600延长米，并配有浮桥一处，供参观之用。改造路口荒山群，在原有石材基础上添加石制景观和木制景观。人工搭建一些木架种植葡萄一类的藤蔓作物。在山顶建一处登高望远平台，约200平方米，并配套护栏等设施。

建设“食盐加碘第一村”纪念广场，在纪念碑处修停车场，将纪念碑下座儿堆砌成水泥台，建设生态化停车场，满足停车需求。购买电瓶车、自行车等观光工具，停放在村门口停车场和村委会停车场。购买安装生态厕所一个，放置在广场。制作全村导览图，在重要路段制作景区示意图和旅游标志图。

建设主街村史观光带。进村主干道路两侧是两米宽绿化带，预计面积为1万平方米。据地图测算，入村小山至村北废弃砖厂主路2.5

公里，选择栽种花期长并适宜北方生长的品种。村主干路沿路全部墙面改造延伸，缺少外墙的酒厂进行新墙面建设。整村建设主路两侧 1.5 公里长观光带，利用原墙面粉刷图画，形成故事长廊，建设 10 处网红打卡留影点。

建设小型滑雪游乐设施。利用山体西侧缓坡冬天建造小型滑雪场，冬天雪大时建设雪地滑梯。购买雪地摩托、马爬犁、滑雪板等设备打造冬季滑雪基地。春夏季节将山体缓坡打造成塑制滑道供游客娱乐。

建设中草药菜园，以典型户为引领，开展小菜园规范化建设。同时在帮扶活动中开展“订单式消费扶贫行动”。利用每家每户小菜园，发放板蓝根、枸杞等中草药种子，大力发展庭院经济，形成全村种植中草药的热潮，成立农民专业合作社，采用分散种植、统一收购的方式将中草药卖出。

两街：一个是建设特色民宿街。

拆除集贤村村委会南侧烟房 9 个，规划民宿街，建设安装住宿和餐饮需求的个性化民宿。房子内购买安装复古家具和生活用品，每个房子要有特色照相取景地，包括特色大门、正堂、卧房、婚房、院内凉亭、传统厨房、传统大炕等。

集设集贤“铁锅靠大鹅、清炖江鱼、五香鸵鸟肉、溜达猪杀猪菜”等具有特色的饭店 5 家，打造集“理发、剃须、洗浴、采耳、按摩”于一体的乡村浴室 1 个。

加大民俗一条街绿化力度，种植榆叶梅和小叶丁香 1800 株。

维修复原两座烤烟房，形成烤烟文化观光景点，维修旧房建设小型传统烤烟展示馆，安装烤烟外部观赏楼梯。

另一个是建设集贤状元街。

在集贤村南二道街，规划建设硕博状元街，利用曾经集贤村改水后这条街集中出了6个名牌大学的硕士博士这一独特事迹，在该街打造孔庙祈福亭，在考取硕士博士家庭门口树立宣传展板，展示其求学事迹。利用家长们重视教育、望子成龙、望女成凤的心态，引导他们到村祈福消费。并配合销售文创产品，可由村内来自山东省（孔子故乡）的村民进行经营销售，打响集贤状元村品牌。

四区是：打造感恩之旅核心区、清洁能源展示区、生态农业体验区、趣味鸵鸟游玩区。

打造感恩之旅核心区要搞好4个建设：

一是建设村史馆即改造灌装厂车间，建设“集贤村史、傻子文化、白酒品鉴、伴手礼销售、研学基地、游客服务”于一体的、预计占地500平方米的村史文化展示中心。

二是建设感恩广场，对村水塔进行做旧改造，建设水塔附近的饮水广场，供游人体验观光。用传统建造泥草房的泥草坯加装现有水塔，安装老式水龙头方便游客接水。树立水井故事板，讲好故事，引导游客品尝该口“状元井”井水。讲述当年“傻子屯”因水致病又因该口深水井脱困，并养育全村数个博士、硕士、大学生等人才故事。水井外要建设外部观光楼梯方便游客观看内部抽水工作情况，水塔内部仿造老水井工作原理展示抽水过程。

三是建设老村办产业复原体验基地，即在集贤村老村办企业园区入口对称建造门卫房，并建设入口标志门，上面安装“集贤村老村办企业产业园”牌匾。利用原包装器材厂建设“傻子屯”酿酒厂，复原传统酿酒工艺，供游客免费品尝流上白酒。修复老包装厂生产线，供游客体验将自己购买的白酒灌装，张贴个性化 Logo。将老砖厂做旧维修，铺设可参观砖窑烧砖过程的游步道，对附近建筑垃圾进行清理。砖厂西侧空地建设格桑花海，围绕砖厂周围和格桑花海，铺设小火车铁轨，游客可乘坐小火车游玩，体会砖厂烧砖工艺，观看新能源景观。

四是建设知青大院，复原院内戏台，复原育智班，可供游客在育智班体验上课氛围，拍照留念。复原当年知青下乡住房原貌，在展馆内制作知青文化图版，讲述知青下乡“实干苦干、开拓创新”的感人故事。

打造清洁能源展示区要做好以下5个方面：

结合村西光伏产业和风电产业园区现状，建设村主路可直通光伏产业区的自行车骑行步道。

产业区设立光伏、风电等新型能源运转原理解析展板，制作张贴电子化讲解二维码，供游客尤其中小学生研学体验，了解我国在新能源领域的科技成就，成为全省首家新能源研学体验基地。

树立刻有“光风霁月”4字的石雕，用于体现风电产业和光伏产业落户于同一村的独特景观。

建设木栈桥，跨过沙坑直通光伏发电展示区域，便于游客特别是中小学生近距离观察光伏发电原理和拍照。

在原本的鱼池基础上，进行加固维修改造，修建休闲垂钓区域，鱼池内种荷花，用于观赏。

打造生态农业体验区也要实施以下5项措施：

利用代养场的粪肥，在双兆代养场的南侧，建设6栋、每栋600平方米的钢骨架蔬菜大棚。

打机井一眼，供给6栋大棚用水。

附属设施为棚膜、小型旋耕机等。

种植草莓、葡萄、茄子、辣椒等果蔬，实现集采摘、售卖于一体的生态采摘园。

建设进入采摘园的步行甬道和休息区。

打造趣味鸵鸟游玩区也要做好以下 3 点：

房屋建设：新建彩钢保温材质鸟舍 800 平方米，饲料库房和雏鸟养殖室 200 平方米，饲养管护房和办公室 100 平方米。

配套设施：建设参观平台和甬路 200 平方米，安装照明用的太阳路灯 8 盏，鸵鸟围栏 500 延长米，大门 1 套，配套锅炉 1 台，打井 1 眼。

饲养经营设备：秸秆粉碎机 1 台，玉米粉碎机 1 台，孵化机 2 台套，保温箱 1 台，脱毛设备 1 套，冷藏设备 1 套，喂料桶、饮水桶、三轮车设备若干。

以上集贤村打造提升的方案如果能够如期实施，它会给人们带来以下几个独特看点。

一是模范精神。在集贤村打造新老书记合作干旅游的新模式，由获得全国脱贫攻坚先进集体的新班子主推乡村旅游项目落地。利用老一代全国典型许振忠书记的知名度和对党对国家满满的感恩情怀，建立“老书记带您游集贤”的旅游地接团队。通过老书记的讲述和引领，让游客更加直观地感受和接受集贤村的文化洗礼，直接了解“傻子屯”精神的文化内涵。

二看乡村风貌。到集贤看乡村旅游“美丽蝶变”，突出特色、继承和发扬集贤村独特酒文化、东北民俗风情等乡土文化，同时赋予其新的时代内涵，使乡土文化在乡村旅游中呈现出勃勃生机。通过看特色民居、绿荫鲜花、趣味鸵鸟、村办企业等，展现东北美丽乡村风貌。

三品村史文化。围绕讲好集贤村谱写“治水、治愚、治穷”的三部曲和新老书记“半个世纪脱贫路，薪火相传两代人”的故事。通过打造村史文化体验中心、感恩广场、村史文化墙、知青文化馆，搭建游客体验集贤村独特村史文化平台。

四尝美味佳肴。品尝鸵鸟肉、鸵鸟蛋、“流上酒”“傻子白”、无公害果蔬等特色农副产品。

五忆感恩初心。体验祈福祈愿、忆苦思甜、感悟“傻子精神”，打造黑龙江省内经典的“感恩之旅”。

以现任书记王喜林为首的集贤村两委会为我们描绘了一幅集贤村美不胜收的未来景象。通过以上的描述，我们仿佛在王喜林的引领下一步步走进集贤村，走进了一个酝酿着丰富情感且又催人奋发的精神境界。

王喜林，我们期待着！

三

王喜林和老书记许振忠有一个共同的特点，那就是为了村里的事业，可以豁出一切，包括自己的生命。

为了帮助建档立卡的贫困户早日脱贫致富，王喜林不断收集信息，联系业务。2019年，在去哈尔滨考察肉鸭养殖的路上，他突发心脏病，在哈尔滨住院半个多月才基本恢复。可就在出院的第一天，他就直接赶往鸭场进行洽谈，反复多次，终于在一个多月后促成了肉鸭养殖基地在集贤村落地。

接任这个书记以来，只有他自己清楚，为了这个“傻子屯”不再傻下去、不再穷下去，他操了多少心、跑了多少路、少睡了多少觉。有为数不少的人曾经劝过他，就凭他的头脑和经验，把为村里花费的一半心思去做生意都会成为身价千万或者亿万的富翁！

对于那些好心的劝说，他总是淡淡地一笑。对他而言，人生的价值并不全部体现在金钱上，还有超过金钱的社会价值、精神享受，乃至于一个人生命的厚度和生命的重量。

如今的集贤村不仅在桦川全县树立起一面脱贫攻坚、全面发展的旗帜，同时荣获了全国脱贫攻坚先进集体的殊荣。到北京人民大会堂领奖的时候，王喜林在现场聆听了习近平总书记振奋人心的讲话。他走出人民大会堂那一刻，那满腔的热血依旧在沸腾着。那双走惯了乡间长满蒿草的阡陌并沾满泥土的双脚居然也登上了祖国首都的大雅之堂！

那曾经的苦累、曾经的病痛、曾经的为难全都烟消云散了，取而代之的是鼓胀起生命风帆的那股强劲的力量和永远也不会息弭的信心与决心。

在一次高规格的脱贫攻坚表彰大会上，王喜林代表集贤村党支部做了一次发言。

他说：

我叫王喜林，是苏家店镇集贤村党支部书记，我发言的题目是半个世纪脱贫路，薪火相传两代人。

20世纪70年代，集贤村是严重的地方病患区，地甲病和克汀病患者占全村总人口的76.8%。村民饱受疾病摧残，智力普遍低下，村集体经济薄弱，年年吃救济。一方水土养一方人，周围的村子就没有这么多痴傻的人，老书记许振忠判断一定是本村的水土出了问题。

他揣上一瓶水，跑到县防疫站检测，结果发现每升水含碘竟然不足一微克。从那天起，他就带着手写的几十份集贤村情况报告，跑县跑市跑省，历经不懈奔波，终于引起时任中央地方病防治领导小组组长李德生将军的关注，派来工作组，亲临集贤村帮助研究改水。1979 年 9 月 8 日，一座高 10 米、蓄水 42 吨的水塔拔地而起，3800 米自来水管道通向全村。村民们第一次吃上清冽甘甜的自来水。村党支部把 9 月 8 日这一天定为“改水节”，让村民们永远铭记。

改水的同时，村党支部请来医疗队为全村患者精心治疗，党员、干部分工包干，对病人是每天送药到手、服药到口，等他们咽下再走。到 1984 年，已治愈地甲病患者 790 人，治愈率高达 92%。新生婴儿从此再没有出现此类病例。“食盐加碘防治地方病”被中国乃至于第三世界国家广泛应用，集贤村也被称为“中国食盐加碘第一村”。挖掉病根，集贤村开始向穷根宣战。老书记许振忠就把脱贫致富的目标抓在手上，立足资源优势，外学经验、内挖潜力，带领村民建砖厂、办酒厂，村民生活越来越好。1998 年，我接过老书记的“接力棒”，担任集贤村党支部书记继续带领村民追求致富梦想。脱贫攻坚以来，我组织两委班子和全村党员干部，和全体村民一道为贫困群众增收、村子发展不懈努力。

一是带领村民增收。我和村班子成员结合村情实际，确定了“金猪、肉鸭、傻酒”产业引领致富新路。发展金猪产业，依托洪源畜牧养殖专业合作社，采取贫困户投资经营、合作代养、保底回收等方式，新建 1 万平方米生猪场，年出栏 6600 头。贫困户当年分红 5300 多元。发展“肉鸭”产业，新建 2 栋 3000 平方米的肉鸭养殖棚舍，年产肉鸭 10 万只，获利 20 余万元。发展“傻酒”产业，重建“傻子白酒”酿造厂，擦亮“天下第一傻，就是不掺假”这一金字招牌。

2019 年以来新酿制“傻流香”“傻柱子”白酒 20 万斤，获利近 60 万元。我们还利用村西原废弃沙坑建设光伏发电项目，促进村集体经济增收 7.2 万元。同时，将光伏设备下方闲置土地，免费提供给贫困户种植小杂粮等矮科作物。通过“农光互补”项目拓宽增收渠道。到 2020 年，全村 51 户贫困户全部实现脱贫，户均增收超过 5000 元。

“傻流香”纯粮酒

二是兴办村级教育。重教启智一直是集贤村的优良传统。从最初老书记许振忠办育智班开始，村党支部就舍得教育投入，筹资 200 余万元建成全县最好的村级小学。建立教师奖励补贴机制，吸引优秀教师到村执教。对智力障碍的孩子实行个性化送教送学，尽心竭力阻断贫困代际传递。如今集贤村已先后考出本科以上大学生 70 余名，研究生和博士生 7 名，培育出社会各界人才 30 余名。栾合文是集贤村第一批育智班毕业的聋哑孩子，从小就有书法、绘画天分，但家里十分贫困，村党支部组织村民捐款5000元资助他到北京学习，使他的书法、绘画水平有了很大提高，他所创作的鸵鸟蛋绘画工艺品销路很好，成了集贤村的励志典型。

三是改善村容村貌。“愚乡巨变千古少，傻变精来贵人多。”党的政策如甘露，这片曾经愚昧的土地，使其绽放出文明的花朵。作为“美丽乡村”建设首批试点，集贤村积极施行“厕所革命”“垃圾革命”“风貌行动”，让“方便”更方便，让“乡愁”不再愁，让“村貌”有颜值。我们村各支部投资12万元建成村史馆，组织村里的孩子和高考学子参观学习，引导他们不忘治愚初心、牢记“傻子屯”历史，激发村民树立自强意识、坚定脱贫信心。如今走进集贤村，干净整洁的街道两侧绿树成荫，宽敞明亮的砖瓦房遍布全村。村民们在修葺一新的广场上跳起欢快的舞蹈，抒发着对党的感恩之情和对幸福生活的美好憧憬。

2021年2月25日，集贤村通过“半个世纪脱贫路，薪火相传两代人”的不懈努力，荣获脱贫攻坚先进集体。集贤村创造了脱贫史上的一个新的辉煌。我代表村党支部到北京人民大会堂去领奖，受到习近平总书记和中央领导人的亲切接见，亲耳聆听了习近平总书记庄严宣告我国脱贫攻坚取得全面胜利。当时我的心情久久不能平静，激动的泪水打湿了我的双眼。这荣誉不是我自己的，它更凝聚了驻村工作队、包村单位、包村干部和帮扶责任人多年来辛勤的汗水，更重要的是凝聚着县委县政府、镇委镇政府等领导的大量心血。它同时也是全县105个村整体扶贫工作的缩影。更有我们老前辈许振忠书记28年艰苦奋斗治愚、治穷、致富精神的光辉折射。下一步，我们集贤村将不忘初心，发挥脱贫攻坚伟大精神，在全面推进乡村振兴的战场上再立新功！

四

王喜林不止一次地告诉我们，能够在脱贫攻坚中取得如此成就，除了依靠党的政策，依靠上级各级组织的正确领导和大力支持，还得感谢那些帮扶的单位和驻村干部的倾情相助。他曾反复地提到一个人，他就是老书记许振忠所说的“傻子屯”的贵人——赵国智。

为此，我们找到了一些关于赵国智的资料，也采访了他本人。

赵国智是中国人保财险总公司党建工作部 / 党委宣传部 / 机关党委组织处高级主管，挂职任桦川县人民政府副县长。他是中国科学技术大学机械电子工程专业硕士研究生、北京理工大学兵器科学与技术专业的博士研究生。曾任火箭军装备部导弹贮存试验技术勤务大队装备处助理员、火箭军装备部机关高新技术办公室参谋，是从军队系统转业到中国人保财险公司工作的。

赵国智曾经获得过军内外多种奖励，也曾因世界前沿的超材料试验理论与技术研究被授予国家发明专利，以及多项省部级学术成果。

赵国智于 2021 年 4 月被派到桦川县担任副县长。

赵国智是个典型的知识分子，他那种稳重与干练给人一种充满了刚毅与智慧的感觉。

赵国智说，他们山东老家和老关东有着无法割舍的历史渊源。他外婆的姐姐，也就是他的姨姥姥，早年闯关东来到了黑龙江，现在牡丹江也有一百口人的亲戚了。特别是在八九十年代，在黑土地生活的东北人曾经给予山东老家满满的照顾和恩惠，所以他对东北人有着特殊的感情，对这片土地充满童话般的神往。在他小时候，老辈人曾经一遍遍讲过数代人闯关东的往事，也从《闯关东》的电视情节中，增进了对这片神奇黑土地的认知。到桦川县来挂职之前，他曾无数次想象过大东北的人文地理和风土人情等状况，也曾结合来自东北的同学、战友以及同事们的叙述与描绘，并结合他的想象，在脑海里描画出一幅大东北的基本轮廓和那种野脉横流的画面。也许是机缘巧合，他竟然被派到大东北的三江平原腹地的桦川县挂职。

接到了上级关于挂职的指示之后，他曾兴奋了好一阵子。不知是因为那是一片他向往的土地，还是老辈们留给他孩提时代无法抹去的关于老关东的印痕。尤其到了桦川县后，他一遍遍翻看着《桦川县志》，并下去走访，想尽快地了解这个县域的历史和现状。当他知道了这个名扬中外的“傻子屯”时，起初并没有引起他过多的注意，直到有一天，他怀揣着几分好奇来到了集贤村，听到了王喜林书记的简要介绍，又走进了村史馆之后，他真的被这“傻子屯”的“前世”与“今生”震惊了。

赵国智是个工作履历比较丰富的人。他先后在 3 个军队基层单位和大区机关单位、2 个企业单位 2 个部门工作，目前又在桦川县政府从事乡村振兴和金融保险工作，对不同单位管理模式和基本情况都有广泛的了解。应该说，他参与过军队基层带兵、装备机关管理、公司成本管控、党的组织建设和政府行政服务等工作，涉及工农商学兵等各条战线，积累了丰富的工作经验。但那一刻，面对集贤村展示给他的治病、治愚、治穷、致富的发展史，他彻底地被感动了。

是啊，生他养他的山东农村老家也不富裕，尤其是他小时候，也曾渴望走出那高高隆起的青纱帐，对未来的生活寄予无限美好的希望。但和生活在贫病交加的“傻子屯”的乡亲们相比，他感到自己仍然是十分幸运的。于是，现实彻底颠覆了老关东留给他心中的最初的印象。

哪儿都有贫瘠的土地，哪儿都有不尽如人意的地方，哪儿都有需要帮助和关爱的人们！

就脱贫攻坚工作，赵国智说，2013 年人保集团就和桦川县帮扶结对了。集团各级机构始终站在讲政治、顾大局的高度，将定点帮扶工作作为一项重要政治使命来承担。集团上下紧密联动，从人员、资金、保险、项目等多方面给予桦川县大力支持。集五级机构之力助推桦川县打赢脱贫攻坚战，助推乡村振兴。除了对全县普惠性教育、医疗和保险保障外，他们还对集贤村在基础建设和产业发展等方面给予了鼎力支持。2017 年，人保集团就对集贤村等近 20 个村屯党建活动室和村委会建设给予了 97 万元的资金支持；2018 年上半年对集贤村致富能人给予 20 万元资金支持，投资建立双兆畜牧养殖代养场，2018 年下半年对集贤村等 11 个村庄给予 100 万元资金支持，帮助建设一批幸福大院。

在建党百年之际，站在巩固拓展脱贫攻坚成果同乡村振兴有效衔接的历史起点上，乡村“五大振兴”提升到一个前所未有的战略高度。从“中国食盐加碘第一村”到荣获“全国脱贫攻坚先进集体”，50 年接续奋斗，半个世纪的立志图强，集贤村的历史就是一部在党的领导下“治病、治愚、治穷”的创业赞歌，培养践行了“求索拼搏、实干苦干、开拓创新”的“傻子屯”精神。在集贤村不平凡的发展历程中，始终有中国人民保险集团无私帮扶的身影。而且，近年来帮扶力度不断加大、帮扶举措持续增强。2021 年 8 月 24 日，人保集团罗熹董事长到桦川县调研指导工作，提出了“藏富于民保护生态发展产业启发民智”的战略思想。赵国智副县长带领集团帮扶团队一起研究，不管是发展产业、保护生态，还是繁荣文化、启发民智，在集贤村这样一个远近闻名的标杆村，都可以很好地落地，要把集贤村作为一个定点帮扶的示范村进行重点打造。赵国智是一位出身于农村的高级知识分子，对于乡村建设有着非同一般的特殊情怀。在他看来，乡村文化的发展繁荣是推动乡村振兴的精神源泉，是重要的举旗筑魂工程，是力量之“根”、发展之“魂”和应有之义。推动乡村振兴，必须坚持文化先行，注重顶层设计，强化科学布局，全方位、多体载、多渠道协同推进农村文化的创新发展，推进集贤乡村文化与乡村产业、乡村人才、乡村生态等实现融合发展，不断提高乡村社会文明程度，焕发乡村社会文明新气象。

赵国智说，为此，中国人保计划在集贤村着重推进三项重点工程建设。一是聚焦产业振兴，发展鸵鸟产业。在原有项目基础上提高产业科技含量，推广青储饲料技术，年氧化饲料 200 吨，为周边农村推广该项新技术提供示范。引进鸵鸟养殖先进技术，促进村集体经济发展，吸纳需要帮扶的劳动力就业。二是加快文化振兴，夯实文化基础。打造县乡村文化建设地标性建筑，基于原有历史建筑进行修缮装修，建成集知青回忆、村史展览、非遗文化、党建学习、科技培训等为一体的多功能文化活动中心，经常性开展村史文化教育活动，引导村民知恩、感恩、报恩、爱党、爱国、爱村，示范推动乡村文明建设，增强乡村文化自信。三是推进生态振兴，打造美丽乡村。新建特色街道，维修、喷图街区，编辑村史，打造旅游景区；提升省级示范村整体功能，突出乡村特色，美化新农村人居环境；通过集中统一改造和加入文化元素，大幅改善村容村貌，提高群众生活满意度和幸福感。

赵国智表示，他将按照科学谋划的发展蓝图，一步一个脚印地干下去，真真正正为集贤村的再跨越、再进步做出努力。

他说，他已经从心里把桦川县、把集贤村认定为自己的第二故乡。他还说，为第二故乡做多少事、出多大力都是应该的。

五

在整个采访的过程中，我们不仅倾听了老书记许振忠的倾情介绍，还得到了现任书记王喜林的热情接待。我们感觉到，即使两位集贤村

集贤村庆祝改水节七周年大会

的带头人什么都不说，凭借直觉，任谁都能体会到昔日的“傻子屯”已经发生了翻天覆地的变化。走在村里的巷道上，那种气息、那种冲击视觉的场景，以及颠覆故有印象的巨大落差所带来的惊愕，都不会让人相信，这就是曾经被病患和贫穷死死纠缠的“傻子屯”！

正如71岁的老人李守昌所说的，他11岁从吉林的德惠举家搬迁到集贤村。他爬上村南的营子岗往下一看：这哪里像个村子啊，完全像是个坟场！矮趴趴的小草房东倒西歪的，村子里到处游荡着傻咧咧的，甚至赤身裸体的半大小子和姑娘，一副难以入目的凄凉景象啊！那个时候，传着“房上无草露着天，炕上无席露着砖，吃饭捧着豁牙碗，叨酱碟子少半边”的顺口溜绝对不是夸张。

生命，一个个活生生的生命就在那样的境遇中被苦涩的泪水久久地腌渍！

如今，40多年前，曾经目睹的惨状彻底从集贤村历史的影像中被删除了，留存在我们心灵的底片上更多的是对未来的憧憬所带来的兴奋与自信，还有就是那一片片不曾濡染苦痛的灿烂的笑容！

年度	小学生	升入中学	升入高中	上大学
1970	200	40	30	2
1980	160	30	20	5
1990	150	25	20	4
2004	80	15	5	3
2005	60	12	5	6
2006	53	7	5	4

集贤村教育发展情况
（1970—2006年）

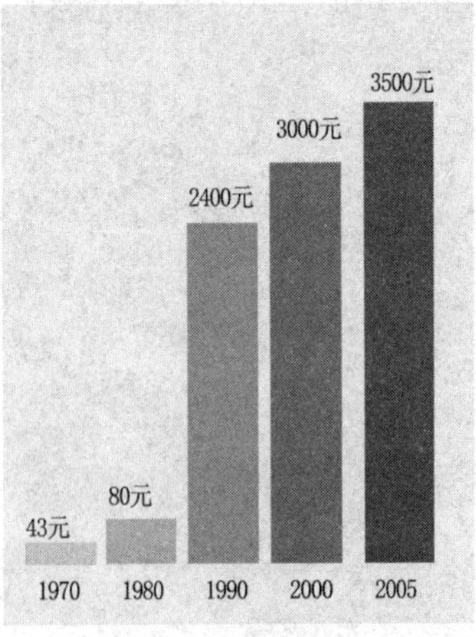

集贤村人均收入情况
（1970—2005年）

集贤村彻底变了，不用看别的，就看村委会办公大楼的走廊里那一帧帧放大的彩色图片就足以感觉得到那种变化是何等的巨大。

在一块图板前，笔者看到集贤村大事记，从 1938 年开始，每一个重要的节点上都有图片并附有文字说明。仿佛一行或深或浅的足迹钤印在集贤村曾经走过的历史的路上。回首望去，那行足迹里满满地淤积着集贤村一代代人的血水、泪水和汗水，还有就是那一簇簇爽朗的笑声，一簇簇绽放的心花和一簇簇被幸福感烧灼的淋漓尽致的快感……

另一块图板的题目是《山村里飞出金凤凰》，毋庸置疑，图片上介绍的一定就是从集贤村出去的人才，无疑，他们就是集贤村人最为珍重的未来与希望——

候丛福，1980 年毕业于大连工学院，2000 年毕业于哈尔滨工程大学应用化学专业，硕士研究生。曾任大庆油田化工有限公司执行董事兼总经理，退休后返聘为大庆高新技术产业开发区特聘专家。

于吉龙，2005 年考入北京建筑大学，2008 年进入中国建材集团北京凯盛建材工程有限公司，2009 年凯盛公司承建土耳其年产 100 万吨水泥生产项目担任生产部副主任，2018 年阿尔及利亚万吨熟料水泥生产线建设项目担任总负责人。

肖婷，北京科技大学在读博士研究生，2010 年以 613 分考入北京科技大学材料科学与工程专业。主要从事电磁波吸收材料与性能研究。2019 年 1 月担任北京电子学会材料电磁特性测量专委会副秘书长。

杨传武，2005 年高考 592 分，就读于华北电力大学信息与计算科学专业，现工作单位是华为技术有限公司。

徐亮，2008 年毕业于东北农业大学动物医学专业本科，曾任县政府办常务秘书、团县委副书记等职务。全县脱贫攻坚期间荣获全县脱贫攻坚先进工作者。2017 年至今任桦川县农村党员干部现代远程教育工作办公室主任，驻村管理办公室主任。

还有李庆范、栾何云、臧建力、王维国、杨传伟、栾宇等，这里就不一一介绍了。

站在岁月的制高点审视“傻子屯”的“前世”与“今生”。

用求索拼搏的精神“改水、治病、治愚”，使闻名国内外的“傻子屯”成为全国食盐加碘第一村，那之前，是真傻！

用实干苦干的精神“挖掉病根挖穷根，挖掉穷根扎富根”，使昔日的“傻子屯”成为远近闻名的文明村，应该说：傻子没傻！

用开拓创新的精神实施精准扶贫、精准脱贫，使集贤村成为远近闻名的新时代小康村，我们说：傻子不傻！

毫无疑问，老书记许振忠和现任书记王喜林总结的“傻子精神”就是经历过深深的痛苦和快乐过后集贤村的精神与魂魄！

后　记

五十年来，在党和政府的关怀下，新老两任村党支部书记带领村民不懈奋斗，如今的集贤村早已告别地方病，成为远近闻名的小康村。在 2021 年 3 月举办的全国脱贫攻坚总结表彰大会上，集贤村还被授予全国脱贫攻坚先进集体荣誉称号。

2020 年，黑龙江省地方病防治专项三年攻坚行动圆满收官。为了巩固拓展脱贫攻坚成果，2021 年，省卫健委把对全省地方病重点地区的回访工作列为党史学习教育活动的一项重要内容。5 月 15 日“全国防治碘缺乏病日”前夕，记者走进集贤村，实地感受这个昔日碘缺乏病村的新变化。

在集贤村村史馆的一块展板上，“转移就业”“特色养殖”“风貌改变”等发展规划目标，清晰地展示在笔者眼前。“乡村振兴主要还是靠产业。”展望未来，王喜林说，下一步集贤村还要在巩固旧产业、谋划新产业上下功夫。新的产业就是乡村旅游休闲观光，还要再打造一流的农村生活环境，增加乡亲们的幸福感！在集贤村充满希望的土地上，一幅美好生活的画卷正在徐徐展开……

近两年，集贤村党支部紧紧围绕“壮大四大产业，提高六项工程”

目标，开展各项工作，目前集贤村经济发展、社会和谐稳定，正在谱写新的篇章，铸就新的辉煌。

集贤村，一个历经千辛万苦，改革换面的小村子，正在井然有序、生机蓬勃地前进着、发展着，只会越来越好、越来越好……

写到这里，正值七月，天地间充盈着一片勃勃的生机。阒寂的子夜依然令人挥汗如雨。坐在写字台前敲击着电脑的键盘，那寂静的空间里越发清脆的声响不由人不想到那广袤的原野上，一片片玉米和高粱拔节的声音。彼时彼刻，笔者仿佛就坐在集贤村南侧的营子岗上，和村里的老少爷们儿距离是那样的近，甚至可以感受得到他们呼吸的气息，感受得到他们脉搏跳动的频率。尤其是他们的两任书记许振忠和王喜林的音容笑貌就镌刻在大脑的屏幕上，挥之不去！

就在那一刻，笔者已经毫无疑问地认定，我们就是“傻子屯”的人！因为，我们和“傻子屯”的人们一起走过了 80 余载的生命历程。经历过那些苦难，于破旧的屋檐下倾听过老汉们轻声的叹息、倾听过老婶们无言的抽泣，也倾听过多少人在生命的最后一刻噎在嗓子眼儿里那声未能挤出口的呼救！

作为“傻子屯”编外的村民，我们照样感受到“傻子屯”已经被历史剔除的“前世”之后的“今生”的巨大变化。能够在记忆深处改变固有的印象，是一件非常不容易的事情。然而，不能不说，集贤村打破了我们的惯性思维。让我们对新时代的农村，尤其是集贤村这样的农村，应该用一种全新的视角去做一番认真的审视。

我们都出生在农村，对农村都有着极为深厚的感情。因而，在写作的过程中倾注了全部的精力，以此来回报那块曾经留下我们足迹的黑土地、回报曾经被我们视为父老的乡亲们、回报那些喂养过我们生命的饱满的玉米和高粱的籽粒、回报年逾古稀的老人许振忠老书记和百忙中接待我们的王喜林书记，也借以回报邀请我们撰写这部书稿的桦川县委郭广福、张雨喜等领导的一片盛情和真诚的期待！

作　者

2021 年 7 月 20 日